W0461802

WIJ ZIJN LICHT

GERDA BLEES

WIJ ZIJN LICHT

Uitgeverij Podium
Amsterdam

Eerste druk april 2020
Tweede druk juni 2020
Derde druk februari 2021
Vierde druk maart 2021 (gebonden)
Vijfde druk maart 2021
Zesde druk maart 2021
Zevende druk april 2021 (gebonden)
Achtste druk april 2021
Negende druk december 2021

De auteur ontving voor het schrijven van dit boek een projectsubsidie van het Nederlands Letterenfonds.

© 2020 Gerda Blees
Omslagontwerp Rouwhorst + Van Roon
Typografie Sander Pinkse Boekproductie
Foto auteur Bartjan de Bruijn

ISBN 978 90 5759 000 9

www.uitgeverijpodium.nl

1

Wij zijn de nacht. Wij brengen duisternis en dronkenschap, kattengevechten, slaap en slapeloosheid, seks en sterfgevallen. Wie in alle rust wil sterven, zonder al te veel gedoe en drama, zal dat bij voorkeur doen in ons, de nacht, terwijl de aankomende nabestaanden slapen. Zo zien wij in dit land nachtelijks vele kanker-, hart- en longpatiënten en uitgeleefde oude mensen bijna ongemerkt hun laatste adem uitblazen. Maar ook de minder vredige vormen van sterven zijn ons niet vreemd. Vechtpartijen, auto-ongelukken, moord en doodslag. De gruwelijkheden waarvan wij getuige zijn geweest, u wilt het niet weten, ook niet als u graag naar horrorfilms kijkt en een sterke maag heeft. En wij willen er niet over praten. Er zijn interessantere manieren waarop mensen kunnen overlijden, zoals de vrouw die op dit moment onze aandacht heeft, bij wie de herkenbare elementen van het vredig sterven samenvallen met verontrustende afwijkende omstandigheden.

Het herkenbare: een woonkamer met meubels uit de jaren negentig met smakeloze decoratie aan de wanden – grote gekleurde vlinders van metaal, oude muziekinstrumenten in verschillende formaten –, en in die kamer een slapende vrouw met slierterige grijze haren, zo mager en verzwakt dat haar hart het elk moment kan begeven, met naast zich een familielid, haar zus, naar de vorm van het gezicht te oordelen, die met beide handen haar handen omklemt, alsof ze zo probeert de bijna-dode in het leven te houden.

Het afwijkende: al het andere, maar vooral het feit dat de zussen op luchtbedden midden in de kamer liggen, en de aanblik van de rest van het gezelschap, een man van middelbare leeftijd en een wat jongere vrouw, die vanaf de rode bank zitten toe te kijken. Allebei hebben ze bijna net zo weinig vlees op de botten als de stervende; hun wangen zijn ingevallen, hun ogen liggen diep in hun kassen. Hoewel ze niet op het punt lijken te staan te sterven, zien we hun skelet al door hun huid heen schemeren. En aan de manier waarop ze ademen, alsof ze bang zijn te veel zuurstof in één keer binnen te krijgen, is te zien dat ze dan wel niet dood zijn, maar evenmin met volle overtuiging leven. Misschien zitten ze daarom met de ramen dicht in de bedompte warmte van de voorbije zomerdag, en hebben ze het licht uit gelaten, zodat alleen een streep oranje licht van een lantaarnpaal voor het raam tussen de gordijnen door de kamer binnenvalt, schuin over de luchtbedden van de twee liggende vrouwen.

Die luchtbedden zijn ons hier al vaker opgevallen. Normaal gesproken zijn het er vier, waarop de stervende, haar zus en de twee anderen naast elkaar op de grond liggen te slapen. Verder gebeurt er meestal weinig. Het zijn geen nachtbrakers, behalve de vrouw op de bank, die vaak met wijd open ogen naar het plafond ligt te staren, terwijl haar maag onder de fleecedeken borrelende en zuigende geluiden maakt. Af en toe trekt er een grimas over haar gezicht. Ze balt haar vuisten. Ze bijt op haar knokkels. Ze sabbelt op haar onderlip. Soms valt ze na een paar uur toch nog in slaap, maar vaak kruipt ze ook geruisloos onder haar deken vandaan en sluipt naar de wc om wat water uit het kraantje te drinken, en dat herhaalt zich ongeveer om het uur.

Ze wekt de indruk dat ze honger heeft, maar nooit hebben we haar kunnen betrappen op een nachtelijk tripje naar de koelkast, zoals zoveel anderen die de slaap niet kunnen vatten door de borrelende leegte in hun maag. In de drie jaar dat we haar zo hebben meegemaakt, hebben we haar maar één keer in de keuken gezien. Eerst was ze een tijdlang voor de slowjuicer blijven staan, die ze over de zijkant aaide alsof het een lief zacht huisdier was, en daarna was ze op haar knieën voor de koelkast gaan zitten, met haar voorhoofd tegen de deur. Meer dan een uur zat ze daar, zonder te bewegen. Toen legde ze haar hand op de hendel. We zagen hoe de spieren en pezen van haar hand zich spanden, terwijl ze met al haar kracht kneep. Haar elleboog bewoog een klein stukje omhoog, en ze liet los. Ze stond op. Wankelde. Greep het aanrechtblad. Boog voorover, het hoofd tussen de knieën. Richtte zich weer op, nu langzamer. Zette een stapje. Haar ogen dwaalden door het kleurloze donker en bleven rusten op een appel die in de fruitschaal op het aanrecht lag. Ze liep ernaartoe, maar pakte hem niet op. Ze boog voorover, bracht haar neus er heel dichtbij, en bleef naar de appel staan kijken.

Als wij hadden kunnen spreken hadden we haar toegeroepen: 'Eet dan, vrouw, eet! Niemand houdt je tegen.' Maar ze at niet. Toen het haar gelukt was zich van de appel los te maken en terug te sluipen naar de woonkamer, trof ze daar de oudste van de vier, degene die nu op sterven ligt, wakker aan, met opengesperde ogen. Geschrokken bleef ze staan, gevangen in de blik van haar huisgenoot, een blik die niets uitdrukte: geen herkenning, geen afkeuring, geen geruststelling. Niets. En op dezelfde expressieloze manier sloten de kijkende ogen zich. Onze hongerige vriendin liet haar schouders zakken, kwam langzaam in beweging en ging weer op haar luchtbed liggen, wachtend tot het daglicht kwam.

Als nacht van de wereld zijn wij niet snel van ons stuk gebracht, maar opvallend vinden we het wel, dat mensen in een land als dit vrijwillig honger lijden, met het voedsel letterlijk binnen handbereik. Alsof ze willen protesteren tegen de overvloed die hun gegeven is.

En nu is de dood achter de honger aangekomen, niet voor onze chronisch slapeloze, maar voor haar huisgenoot.

'Ze is weg,' zegt de zus, die zonder de handen van de dode los te laten rechtop op haar luchtbed is gaan zitten. 'Ik voelde haar overgaan. Heel vloeiend ging het. Wat mooi. Wat bijzonder. Vinden jullie niet?'

Met onderzoekende ogen kijkt ze naar de andere twee, die nu nog voorzichtiger ademen dan daarnet. 'Zagen jullie dat? Zagen jullie hoe rustig ze werd toen ik haar handen vastpakte? Eindelijk kon ze zich overgeven. Heeft ze zich overgegeven. Mooi toch, dat ze zo gegaan is? Dat we niet hebben geprobeerd haar tegen te houden? Toch? Petrus? Muriël?'

Petrus en Muriël verroeren zich niet. Hun gezicht blijft strak, terwijl hun ogen alle kanten op schieten, zoekend naar iets wat in het schemerdonker niet te vinden is. Uiteindelijk zegt Muriël: 'Mooi, ja.'

'En jij, Petrus? Hoe voelt het voor jou? Wil je daar iets over delen?'

Petrus sluit zijn ogen en schudt zijn hoofd, alsof hij wordt geplaagd door een insect dat hij niet durft weg te slaan. Zijn voorhoofd glimt van het zweet.

'Geeft niet,' zegt de zus. 'Het is ook niet niks om je op zo'n intens moment meteen helemaal open te stellen voor alles wat je voelt. Het is niet niks, dat begrijp ik heel goed.'

Zonder iets te zeggen staat Petrus op van de bank, doet de achterdeur open en loopt de tuin in.

'Oké, Petrus,' zegt de zus, en tegen Muriël: 'Het is oké. Hij zit even in de weerstand. Geeft niet. Dat komt allemaal later wel. Elisabeth is nu het belangrijkste. Kun jij mij de telefoon geven? En het nummer van de huisarts? Het lijkt me beter dat ik nu even bij haar blijf. Ik denk dat dat prettig voor haar is.'

Muriël staat op, loopt naar een rugtas in een hoek van de kamer, pakt er een mobiele telefoon uit en geeft hem aan de zus. 'Het nummer moet ik even opzoeken.' Ze gaat aan tafel zitten en opent de laptop.

'Lief van je Muriël,' zegt de zus. 'Heel lief. Wat fijn dat we samen zijn. Dat we allemaal samen waren bij Elisabeth. Dat moet ze gevoeld hebben. Dat voelt ze. Want ik voel zelf wel dat ze nog in deze kamer is. Jij niet?'

'Wat zeg je,' zegt Muriël op vlakke toon.

'Dat ze nog bij ons is. Elisabeth. Ik voel haar aanwezigheid eigenlijk nog heel sterk. Maar ik ben natuurlijk ook haar zus.'

Muriël knijpt haar ogen dicht en fronst haar voorhoofd. Dan spert ze haar ogen open. Het blauwwitte licht van de laptop maakt haar gezicht nog spookachtiger dan het al was. 'Ja,' zegt ze, 'ja, ik voel haar ook, ja.' Ze knikt even naar het lichaam van Elisabeth en kijkt dan weer op het scherm. ''s Avonds en 's nachts belt u de huisartsenpost, staat hier.' En ze begint getallen op te sommen die de zus intoetst op de mobiele telefoon.

'Ja, hallo. Met Melodie van Hellingen. Ik bel over mijn zus.'

Vanaf hier versnellen we een beetje, analoog aan de ervaring van iedereen die weleens een hele nacht wakker is gebleven, dat de tijd eerst langzaam ging maar dat het toen plotseling ochtend was.

Er ontspint zich een discussie met de receptioniste van de huisartsenpost, want de receptioniste zegt dat ze de waarnemend huisarts zal sturen, maar het lijkt Melodie beter als hun eigen huisarts naar de dode komt kijken, omdat het toch een bijzonder geval was, haar zus, qua medisch verleden, maar ook vanwege de emotionele band, en als hun eigen huisarts echt niet kan, is het wel belangrijk dat de waarnemend arts het dossier goed doorleest, en aan de andere kant van de lijn zien we de receptioniste met haar ogen rollen, waarna ze op uiterst vriendelijke toon aan Melodie vraagt of ze kort zou kunnen vertellen hoe haar zus precies is overleden, en Melodie vertelt dat het allemaal heel mooi was, omdat Elisabeth zich eindelijk had kunnen overgeven, want het leven was voor haar een hele strijd geweest, en terwijl de receptioniste 'hm, hm' en 'ja' zegt, werpt ze een blik op de geboortedatum van de patiënt en typt iets in over een onduidelijk verhaal, en 'mogelijk suïcide?' en dan zegt ze tegen Melodie dat er helaas toch echt een waarnemer zal moeten komen, die geen toegang heeft tot het dossier, maar dat ze kunnen rekenen op zijn professionaliteit, en al met al vindt Melodie het een kille gang van zaken, een onpersoonlijk systeem, dat regels boven mensen stelt, maar de receptioniste heeft geen tijd om Melodie te laten uitpraten, er staan nog meer binnenkomende telefoontjes te knipperen, dus zegt ze vriendelijk maar resoluut gedag, verbreekt de verbinding en voltooit haar aantekeningen voor de arts die het lichaam van Elisabeth van Hellingen zal komen schouwen.

Melodie heeft een slecht gevoel over het telefoongesprek,

zegt ze tegen Muriël en Petrus, die de kamer weer is binnengekomen, ze vindt het niet prettig om zo zakelijk te worden behandeld, zeker na zo'n bijzondere, intieme maar toch ook verdrietige gebeurtenis, en dat zegt ze zonder te weten hoe onprettig men haar straks nog gaat bejegenen, want het systeem kent regels en procedures waar de gewone systeemkritische burger helemaal geen weet van heeft en de waarnemend huisarts, die inmiddels al heeft aangebeld en is binnengekomen om de dode te onderzoeken, volgt de procedure die daarvoor bij wet is vastgelegd zorgvuldig, en met weinig empathie, vindt Melodie, omdat hij erop staat dat ze het licht aandoet en dat de huisgenoten alle drie de woonkamer verlaten, zodat hij in alle rust het lichamelijk onderzoek kan uitvoeren, ondanks dat Melodie hem erop wijst dat zowel het felle licht als de afwezigheid van haar huisgenoten niet prettig is voor Elisabeth, en daarbovenop kapt hij haar ook nog eens af als ze zijn vragen probeert te beantwoorden; hij wil niets weten over hun jeugd en Elisabeths altijd al zwakke gestel en hun zieke moeder met wie ze pas geleden nog een mooi moment van verbinding hebben beleefd, hij is alleen geïnteresseerd in hun dieet, en wanneer Elisabeth voor het laatst had gegeten en gedronken en of ze misschien ook weleens geestverruimende middelen gebruikte, en ten slotte deelt hij mee dat hij helaas te veel twijfelt over de vraag of hier sprake is van een natuurlijke dood, en daarbij maakt het niet uit hoe vaak Melodie – gesteund door het geknik van de andere twee huisgenoten, die hun plaats op de rode bank weer hebben ingenomen – herhaalt dat het allemaal heel natuurlijk is gegaan, omdat hij op zijn eigen waarnemingen moet afgaan, en wat hij waarneemt zijn een onprettige, benauwde sfeer en een ernstige mate van ondergewicht bij zowel de dode als haar huisgenoten, zodat hij te veel vragen heeft over de toedracht van mevrouw Van Hellingens overlijden, die misschien niet meer de jongste is maar ook nog lang niet oud genoeg om zomaar dood te gaan, en ze kunnen hard praten of zacht, hoog springen of laag, maar bij twijfel is het zijn wettelijke plicht direct de gemeentelijk lijkschouwer te informeren, die dan ook meteen de politie zal alarmeren, en zonder nog naar de verdere tegenwerpingen te luisteren loopt hij de tuin in om de lijkschouwer te bellen, wat hem, net als de receptioniste van daarnet, bij terugkeer in de woonkamer op beschuldigingen van kilheid komt te staan.

Ten onrechte, vinden wij; weliswaar heeft de waarnemer een plooi in het midden van zijn voorhoofd, maar niet omdat hij koud is of hard maar juist omdat hij de dingen serieus neemt, en daarom zouden wij liever het woord onverstoorbaar gebruiken voor de manier waarop hij de protesten van Melodie van zich af laat glijden en op de bank gaat zitten om samen met de drie overlevenden, twee lamgeslagen en één onuitsprekelijk verontwaardigd, te wachten tot de politie voor de deur staat om de zaak verder over te nemen, en terwijl hij zijn weg vervolgt naar het volgende visite-adres en het voorval in zijn hoofd al de vorm begint aan te nemen van een interessante casus voor bij de waarnemerslunch van volgende week, blijven de ter plaatse gestuurde rechercheur en haar twee collega's in het blauw achter om alles in de gaten te houden tot de lijkschouwer komt, wat helaas een hele tijd duurt – er hebben in de afgelopen uren kennelijk meer verdachte sterfgevallen plaatsgevonden – en pas als de lijkschouwer eindelijk is gekomen voor een tweede lichamelijk onderzoek, en het hele gezelschap opnieuw onder protest van Melodie de kamer heeft verlaten, kan de rechercheur in overleg met de schouwarts en de hulpofficier van justitie nagaan of er een strafrechtelijk onderzoek moet worden ingesteld, waarbij haar twee collega's boven blijven om naar Melodie te luisteren en haar de gelegenheid te geven kort, maar dan ook echt heel kort, met haar vader te bellen om hem van de situatie op de hoogte te stellen, terwijl de rechercheur van dienst na een vraaggesprek met de drie overlevenden naar beneden gaat om de nodige telefoontjes te plegen met de hulpofficier van justitie over de vraag of de huisgenoten zouden moeten worden aangehouden, en zo ja, op basis van welk wetsartikel, en zodra ze het eens zijn geworden gaat ze met een koele, om niet te zeggen kille blik op haar gezicht weer naar boven om de huisgenoten aan te houden op verdenking van dood door schuld en ze op hun rechten te wijzen, en dan volgt nog een fase van ontreddering terwijl ze wachten op een derde agent, en nadat die is gearriveerd om de derde verdachte mee te kunnen nemen, worden Muriël, Petrus en Melodie ieder in een andere auto naar het politiebureau gereden, terwijl de rechercheur en de lijkschouwer achterblijven op de plaats delict, en graag zouden we nog wat langer bij de drie arrestanten zijn gebleven, vooral bij Muriël, die door alle andere emoties heen zo te zien nog steeds verschrikkelijke honger heeft, maar voordat alles verdergaat beginnen we ons, gedwongen door de onverbiddelijke beweging van de aarde, alweer terug te trekken achter de westelijke horizon, waar andere interessante doden en slapelozen op ons wachten.

2

Wij zijn de plaats delict. Nog niet zo lang geleden waren we gewoon een huis, nauwelijks verschillend van alle andere huizen in de wijk, al hadden we dan een paar merkwaardige bewoners en een licht afwijkend uiterlijk. Maar sinds er iemand in ons is doodgegaan en de politie is gekomen, heten wij plaats delict.

'Stuur jij nog even iemand om de plaats delict in de gaten te houden?' zei de vrouw van de politie in de telefoon, nadat onze bewoners, drie levend en één dood, waren meegenomen. Een kwartier later stopte er weer een politieauto voor onze deur en sinds vanochtend lopen er hier allerlei mensen rond die het over niets anders kunnen hebben dan over ons: plaats delict dit en plaats delict dat, en kom jij naar de plaats delict, en ik ben al op de plaats delict.

Een dubieuze eer, deze nieuwe naam. De mensen die hier binnenkomen zijn bepaald niet bescheiden te noemen. Zonder de bewoners om toestemming te vragen betasten ze onze oppervlakken met hun in plastic handschoenen gestoken handen en hun wattenstaafjes, rommelen in onze kasten en stoppen voorwerpen die aan ons toebehoren in doorzichtige plastic zakken. Strelend, al die aandacht, aan de ene kant, maar aan de andere kant voelt het ook een beetje invasief. Ook dat ze gewoon onze voordeur open laten staan, wel met een rood-wit lint ervoor gespannen, maar toch. Al die lucht die zomaar vrij naar binnen en naar buiten stroomt. Toegegeven, ons binnenklimaat is vaak wat drukkend en benauwd, maar daar zijn we aan gewend.

Niemand weet hoe een huis zonder mensen er vanbinnen uitziet, maar deze mensen komen in de buurt. Ze zijn in ons, maar ze zijn ook buiten ons. Ze lopen rond in de gestolde versie van ons die ontstond toen een van onze bewoners ophield met leven en de andere drie werden meegenomen.

Ze passen hier niet, deze mensen. Ze zijn te groot, te breed, te luidruchtig. Onze traptreden zijn zulke stampende zware lichamen nauwelijks meer gewend. Het gewicht niet, en het geluid ook niet. Ze zouden wel wat voorzichtiger met ons mogen zijn, als je bedenkt dat wij de plek zijn waar het antwoord ligt. Dat zegt hij tenminste, de man met de snor en de buik – een buik, zo'n buik hebben wij in jaren niet gezien – die in zijn gewone kleren voor onze open voordeur staat, samen met een nors kijkende vrouw, terwijl binnen de mensen in uniform met rubberhandschoenen en plastic zakken hun gang gaan. 'Het antwoord ligt op de plaats delict, zeg ik altijd. Maar als ik even mijn fingerspitzengevoel mag delen, dan heb ik niet echt het idee dat hier een zaak in zit. Als ik de sfeer zo even opsnuif.'

Hij snuift, terwijl hij onze voorgevel van onder tot boven in zich opneemt, zodat we ons spontaan beginnen te schamen voor de kleuren van onze deur- en raamkozijnen: oranje, geel, paars en groen. Geen kleuren die we zelf gekozen zouden hebben, maar ons wordt nooit iets gevraagd als het om ons uiterlijk of onze inrichting gaat. Een hele tijd blijven hij en de vrouw staan kijken naar de vijf rode bordjes naast de deur. Op het bovenste staat in oranje letters WOONGROEP KLANK & LIEFDE, met daaronder een notenbalkje met een paar muzieknoten. Daaronder vier losse bordjes met de namen van onze bewoners, ook in oranje letters. MELODIE VAN HELLINGEN. ELISABETH VAN HELLINGEN. PETRUS ZWARTS. MURIËL DE VREE. De namen hangen van oud naar jong, behalve die van Melodie, die hangt bovenaan, ook al is zij jonger dan Elisabeth.

De vrouw schrijft iets op in haar notitieblok. 'Klank en Liefde,' zegt ze. 'Lekkere liefde is dat, je eigen zus laten verhongeren.'

'Nou,' antwoordt de man, 'zo ken ik je niet, Lies. Wij oordelen niet, wij onderzoeken.'

Hij houdt het rood-witte lint voor haar omhoog zodat ze eronderdoor kan stappen, en volgt haar het halletje in. Een man met plastic tassen die de trap af komt knikt ze toe en loopt door naar de woonkamer.

'Laten we alles eerst maar even bekijken,' zegt Lies.

Ze beginnen bij de voordeur. De kleine gordijntjes, het druppelvormige glazen object dat aan een visdraadje voor het raampje hangt, de windharp, met plakband aan de zijkant van de plafonnière bevestigd, zodat de staafjes zachtjes klingelen als iemand de voordeur opent of sluit. De lichtgele wanden van het halletje. We weten nog dat Melodie die kleur samen met Petrus op onze muren smeerde.

'De kleur van de zon,' zei ze. 'Dat geeft energie.'

In de wc heeft elke muur een kleur, en het plafond weer een andere, iedereen mocht een kleur kiezen. Een verjaardagskalender met kleurpotloodtekeningen van engelen hangt op de binnenkant van de deur. Deze maand is er niemand jarig. Ook op de rest van de kalender staan nauwelijks namen, in totaal misschien tien, allemaal opgeschreven in het handschrift van Melodie, die had gezegd: 'Ik vind het fijn als we met elkaar overleggen wie we op de kalender willen zetten. Want als je die naam leest op de wc, krijg je toch iets mee van de energie van die persoon.'

De man en Lies dringen dieper in ons door. Ze lezen ons, ze luisteren. Als we armen hadden zouden we die beschermend voor onze kamers houden om onze intiemste delen te verbergen voor hun vreemde ogen en handen. In de woonkamer inspecteren ze de vlinders aan de muur. Hij trekt met zijn dikke vingers aan de snaren van de instrumenten die in twee rijtjes van vier aan de wanden hangen. Vier viola da gamba's, vier luiten. Twee luchtbedden liggen nog midden in de kamer op de grond, twee andere staan rechtop tussen twee hoge stellingkasten.

'Dus dit is hoe ze slapen,' zegt de dikke man. Hij hurkt naast een van de luchtbedden en duwt erop; het veert een beetje mee. 'Spartaans. Ben benieuwd of ze ook altijd om half vijf opstaan.'

Maar dat doen ze niet, daar kunnen wij van getuigen. In dit huis regeert het daglicht. Als dat 's ochtends door de gordijnen heen de kamer binnenkomt, doen de bewoners een voor een hun ogen open en beginnen zwijgend te bewegen. Ze vouwen hun lakens en hun blauwe fleecedekens op en zetten hun luchtbedden tussen de stellingkasten.

'Iemand wat sap?' vraagt Muriël meestal, maar Melodie vindt het dan beter om nog even te wachten, om eerst even af te stemmen. Ze pakken hun meditatiekussens van de stapel naast de bank, leggen ze in een kring op de grond, gaan er in kleermakerszit op zitten en doen hun ogen dicht. Melodie zegt dat ze allemaal met hun aandacht naar hun ademhaling mogen gaan, waarbij ze met elke uitademing een stukje dieper ontspannen, en dan mag degene die een impuls voelt beginnen met geluid maken, en Melodie is altijd degene die de impuls als eerste voelt. Nadat zij begonnen is, zetten de anderen in, ieder op een andere toonhoogte, en dan lijkt het erop alsof ze een soort harmonie proberen te bereiken. Soms zegt Melodie stop. Dan moeten ze beter luisteren, beter afstemmen. Als Melodie tevreden is, pakt ze de hand van een van de anderen, en diegene doet hetzelfde, tot ze allemaal elkaars hand vasthebben, en dan zien we ze een beetje ongemakkelijk schuiven en fronsen, en het geluid zwelt nog wat verder aan en soms gluren ze stiekem naar elkaar, tussen de spleetjes van hun ogen door, en na een paar minuten dooft het geluid geleidelijk uit. Het klinkt niet lelijk, maar mooi ook niet echt. Muziek kan je het niet noemen. Klank is een beter woord, vandaar waarschijnlijk dat bordje WOONGROEP KLANK & LIEFDE.

Melodie heeft engelengeduld. Dat vindt ze zelf tenminste. 'Het vraagt heel wat, om met al jullie emoties om te moeten gaan,' zegt ze tegen de anderen als die moeten huilen of boos worden of geen zin hebben om te praten. 'Ik heb soms het gevoel dat ik beter weet wat er in jullie omgaat dan jullie zelf. Dat voelt als een hele verantwoordelijkheid, dat begrijpen jullie ook wel.' En dan beginnen haar ogen te tranen, maar echt huilen doet ze meestal niet.

'Willen jullie deze als eerste checken? Dan kunnen wij daarna met de inhoud aan de slag,' zegt Lies tegen de man die nu met de spullen in de woonkamer bezig is, en ze knikt naar de twee laptops. We slikken. Twee van onze meest intieme informatiedragers, zomaar van tafel gepakt en in zakken gestopt. Ze hebben wat tijd achter deze twee computers doorgebracht. Je ziet hun zweet nog aan de toetsen kleven. Toen de andere drie net bij Melodie waren ingetrokken hadden ze er maar een, die alleen door Melodie gebruikt werd, maar na een tijdje eiste Petrus zijn computertijd op, en toen wilde Muriël opeens ook. Er kwam een tweede laptop, en er verscheen een roze vel papier op het prikbord boven de eettafel, dat er nog altijd hangt. Lies maakt er een foto van.

Wie gebruikt de laptops?		
	Grote laptop	**Kleine laptop**
10–12 uur	Melodie	Petrus
14–16 uur	Muriël	Melodie
16–18 uur	Melodie	Petrus
20–21 uur	Petrus	Muriël

Melodie had de meeste tijd nodig, want die schreef de teksten voor de website en de nieuwsbrief en ze had een blog, waarop ze persoonlijke dingen deelde.

'"Melodie vertelt", vinden jullie dat een mooie titel voor een blog?' had ze aan de anderen gevraagd, en de anderen vonden van wel.

'Het slachtoffer staat er niet op,' zegt Lies, 'op het laptopschema.'

'Misschien was ze digibeet? Of zwakzinnig?'

'Nee, daar staat niks over in het proces-verbaal.'

Maar als je hoorde hoe Melodie tegen Elisabeth praatte, zou je soms denken van wel. Van haar zijn bijna geen sporen in ons achtergebleven, behalve haar kleurpotloodtekeningen.

'Kijk eens, Elisabeth,' zei Melodie, terwijl ze twee blaadjes met notenbalken over de tafel naar haar toe schoof, eentje ingevuld met notenschrift en eentje leeg. 'Vind jij het misschien fijn om deze muzieknoten over te tekenen met kleurpotlood?'

En als Elisabeth geen antwoord gaf: 'Doe maar. Het zal je goeddoen.' Waarop Elisabeth de kleurpotloden en het notenpapier aanpakte en begon te kleuren, haar hoofd over het papier gebogen, het puntje van haar tong een stukje uit haar mond.

Als iemand ons zou vragen hoe haar stem eigenlijk klonk, de stem van Elisabeth, zouden we moeten zeggen dat we het niet meer weten. Ze sprak zo weinig dat het de anderen bij vlagen gek maakte. Maar als ze soms wel probeerde iets te zeggen werd ze al onderbroken voordat ze haar zin had kunnen afmaken.

'Ik bedank de zon voor haar oneindige energie,' leest Lies van een met kleurpotlood beschreven briefje op het prikbord. 'De wereld is een plek van overvloed. Liefde is mijn geboorterecht. Er is altijd genoeg.' Ze snuift. 'Behalve eten. Heb jij al in de koelkast gekeken, Ton?'

De man met de buik, Ton heet hij dus, is inmiddels opgestaan van de tafel en loopt door de keuken. 'Niet veel te zien hier,' roept hij, terwijl Lies aan de eettafel de stapel krantjes en tijdschriften doorneemt. *Anders wonen, anders leven; Stichting Kritisch Prikken; Happinez; Genoeg – tijdschrift voor consuminderaars.* Ze legt de stapel recht en loopt achter Ton aan.

'Wel een slowjuicer. En genoeg bleekselderij voor een heerlijk voedzaam selderijsapje,' merkt ze op, terwijl ze over zijn schouder de inhoud van de koelkast inspecteert. 'Ongelofelijk. Ik word hier zo kwaad van.'

'Ja, daar kan je niet echt op leven hè,' zegt Ton.

'Je kan heel lang overleven op een paar selderijstengels per dag,' antwoordt Lies. 'Geloof mij maar.'

‘Vreemde types, hoor. Heel vreemd,’ zegt Ton. ‘Al vraag ik me wel af of we hier een zaak van kunnen maken. Als ik die briefing zo hoor dan klinkt het allemaal vrij dunnetjes.’

‘Jezus, Ton. Die vrouw is wel dood hè. Dat er hier geen pistool rondslingert betekent niet dat er niets aan de hand is, dat zou jij toch moeten weten. Jij met je “wij oordelen niet”. Alleen omdat de officier van justitie een vrouw is en ze het in die vorige zaak niet met jou eens was. Je bent gewoon op je pik getrapt.’

Ton steekt zijn handen in de lucht alsof hij onder schot gehouden wordt. ‘Wow, wow, wow, Liesbeth. Wat een taal opeens. Ik betwijfel gewoon of we met strafbare feiten te maken hebben. Het ziet er heel treurig uit allemaal, maar het lijkt me meer iets voor de hulpverlening.’ Hij draait zich om en kijkt haar aan. ‘Nog even boven kijken? Of wil je eerst een sigaretje om een beetje te kalmeren?’

‘Nee, dank je,’ zegt Lies. Ze draait zich om en loopt voor hem uit naar het halletje. De traptreden zuchten en kraken onder hun voeten.

‘Zo. Lekker warm hierboven,’ zegt Ton. ‘Ze hadden wel even een raampje open kunnen zetten.’

Onze bovenverdieping is ruim genoeg voor een gezin met 2,4 kinderen, maar er staat maar één eenpersoonsbed, dat vol ligt met stapels bladmuziek. Verder veel boekenkasten, een wasrek met droge was, een kast met fotoboeken. In een van die kamers staat de cello van Melodie. Die missen we soms wel. Dat was echt muziek, wat ze met die cello deed, vroeger. Ze kon prachtig spelen, vooral als ze verdrietig was. Maar Ton en Lies zijn meer geconcentreerd op ons recente verleden. Ze controleren de badkamer, kijken in de pedaalemmer. Wij kunnen nu al zeggen dat ze in ons geen aanwijzingen van seksuele activiteit of drugsgebruik zullen aantreffen. Geen voorbehoedsmiddelen, geen reguliere medicijnen, zelfs geen paracetamol. Wel een kast vol homeopathische geneesmiddelen, milieuvriendelijke cosmetica en bachbloesemdruppels.

Lies blijft staan bij een geel briefje dat achter een hoekje van de spiegel is gestoken.

Wij zijn licht
Wij zijn liefde
Wij zijn klanken overal
Wij zijn cellen vol met leven
Wij zijn niets
Wij zijn het al

Daaronder een ander briefje: *Samen = niet eenzaam!*

Dat laatste zegt Melodie altijd als ze voor de spiegel staat; ze kijkt zichzelf aan en vormt de woorden met haar mond, zonder geluid te maken.

Wij denken vaak na over het woord eenzaam. Als rijtjeshuis weten we niet beter dan dat we aan beide zijden een muur delen met een ander huis. We zijn in feite altijd met zijn drieën, al kunnen we nooit ervaren hoe het er in de andere twee huizen aan toegaat. En dat hoeft ook niet voor ons. Een muur te delen met de andere twee, te weten dat we niet helemaal alleen in de wereld hoeven te staan, zoals een vrijstaande villa of een boerderij, is eigenlijk al genoeg.

Maar een mens lijkt iets gecompliceerder als het gaat om eenzaamheid. Het is niet alleen de kwantiteit van het gezelschap of de fysieke afstand van de ene tot de andere mens die de mate van eenzaamheid bepaalt. Er zijn vast verzorgingshuizen die daarover een boekje open kunnen doen, als we de verhalen van Melodie over haar moeder mogen geloven. Wat onze bewoners betreft, sinds de andere drie bij Melodie zijn ingetrokken, sinds ze met zijn vieren wonen, lijkt de eenzaamheid tussen onze muren ook wel verviervoudigd. Waar Melodie vroeger in haar eentje monotone melodietjes humde, doen ze dat nu vierstemmig. Waar ze vroeger in zichzelf of tegen de telefoon klaagde over de losgezongen toestand van de maatschappij, praten ze daar nu samen over. Waar ze vroeger in de spiegel keek en glimlachte in een poging zichzelf aardig te vinden, doen ze dat nu naar elkaar, en naar hun fotocamera. En hoewel ze vaak genoeg hardop zeggen hoe aardig ze elkaar vinden, hoewel ze wekelijkse momenten hebben ingepland waarop ze elkaar vertellen waarom ze zo blij zijn met elkaar, kunnen zelfs wij, toch maar een eenvoudig jarentachtighuis, van hun gezichten aflezen dat meer dan de helft van wat ze zeggen gelogen is. En elke dag gaat er wel iemand op de bank liggen en huilt, of schopt zijn voet kapot tegen de buitenmuur.

Wij zijn de plaats delict. Maar welk delict, kun je je afvragen. De politie zoekt naar sporen van verwaarlozing, van dwang om een hongerdieet te volgen, van nalatigheid. Wij hebben een andere misdaad in gedachten. Wij verdenken de bewoners van woongroep Klank en Liefde ervan dat ze elkaar gevangen hebben gehouden in een kooi van eenzaamheid. En Elisabeth heeft zichzelf bevrijd.

3

Wij zijn dagelijks brood. Het gewoonste brood dat er bestaat, fijn volkoren, op industriële schaal gebakken, machinaal gesneden en per boterham in plastic verpakt om uitgedeeld te kunnen worden in de instituten die de wereld vrij van zwakte, ziekte en agressie houden: het verpleeghuis, het ziekenhuis, de gevangenis. En zo zijn wij terechtgekomen in de broodkar van de arrestantenbewaarder die het ontbijt rondbrengt in het cellencomplex van een politiebureau, en daarna op een klein tafeltje in de cel van Muriël. Zij is wel de laatste die we verwacht hadden hier te zien. Zo'n lief braaf kind, altijd geweest. Jaren geleden heeft ze ons afgezworen, maar toen daarnet de arrestantenbewaarder binnenkwam en haar vroeg of ze wit brood wilde of bruin, had ze voor ze het wist 'bruin' gezegd, waarop hij een mooi volkoren exemplaar op haar tafeltje legde, en nu zit ze vanaf haar bed vertwijfeld naar ons te kijken, terwijl de arrestantenbewaarder wacht op antwoord op de vraag of ze pure hagelslag wil of liever melk.

'Ik zet in ieder geval wat extra water neer. Meestal lukt het wel om het hier koel te houden, maar nu met dit weer krijgen we de warmte niet meer weg.'

Per stuk verpakt. En met de nek aangekeken door velen, niet alleen door Muriël. Brood is in het verdomhoekje terechtgekomen. Wij, het brood waar godvrezende christenen al eeuwen dagelijks om bidden, verliezen overal terrein. Wij hebben de mens groot gemaakt, letterlijk, en nu schuift de mens ons als een achterhaalde waarheid aan de kant. We zouden te veel gluten bevatten, en verkeerde koolhydraten, wat dat ook mogen zijn. We zouden darmwanden beschadigen en energiepieken en -dalen veroorzaken. Mensen vergeten snel, dat blijkt maar weer. Zo lang is het niet geleden dat wij nog het verschil maakten. Dat mensen stierven van de honger als er niet genoeg van ons voorhanden was, en ze voor ons in opstand kwamen. Dat sociale activisten broodfabrieken lieten bouwen om ons beschikbaar en betaalbaar te maken voor de armen.

Allemaal vergeten. En het respect dat we genoten: verdwenen, als sneeuw voor de zon. Ongezond heten we nu, en onnatuurlijk. Liefdeloos, alleen maar omdat we in een fabriek worden gemaakt. Alsof mensen met witte haarnetjes aan een lopende band geen liefde zouden kunnen stoppen in hun werk. Alsof onze grondstoffen niet net zo goed afkomstig zijn van planten die groeien uit de aarde. Alsof de parameters van ons productieproces niet met oneindig veel geduld en aandacht zijn uitgedacht en aangepast om smaak, structuur en houdbaarheid te perfectioneren. Alsof tientallen mensen in smaakpanels ons niet hebben voorgeproefd, en opnieuw geproefd, en opnieuw, tot ze unaniem tot de conclusie kwamen dat we zo het beste smaken. En alsof de machines die ons produceren dat niet doen met een precisie die het menselijk waarnemingsvermogen ver te boven gaat. Alsof wij kortom niet het resultaat zouden kunnen zijn van de oprechte liefde en passie van de mensen en machines die ons hebben gemaakt.

En wij weten niet of het u is opgevallen, maar toevallig zijn het vaak uitgerekend de mensen die met de mond het geloof in de universele kracht van liefde belijden die vervolgens komen met een eindeloze lijst van zaken die géén liefde zijn, die fout zijn en verkeerd, zoals wij, onschuldig brood uit een onschuldige fabriek. Een samenleving die haar eigen dagelijks brood niet meer eert begint lichtjes van de realiteit af te raken, als je het ons vraagt.

Godzijdank heeft deze zorgwekkende ontwikkeling de orde scheppende instituten van de maatschappij nog niet bereikt, en dankzij dit feit worden wij vandaag herenigd met Muriël.

Het weerzien is ongemakkelijk. De arrestantenbewaarder, zelf zo te zien een gezonde gebruiker van graanproducten, staat nog altijd te wachten op antwoord op de vraag wat voor hagelslag ze wil, maar Muriël is nog aan het rekenen. We zien haar ogen alle kanten op bewegen terwijl ze optelt, aftrekt en vermenigvuldigt. Dat had ze als kind al, die drang om te tellen en te rekenen. Toen ze net de getallen tot en met twintig had geleerd, telde ze vaak hardop alle zonnebloempitten op de zijkant van haar boterham, of alle hagelslagjes die ernaast op haar bordje waren gevallen. Die hagelslag moet bij haar oma zijn geweest, want bij haar vader en moeder kreeg ze nooit suiker op brood, die waren daar vrij streng in. En dat is ons later funest geworden, want het zijn vaak de streng opgevoede types die op een dag besluiten ook ons af te zweren.

Maar vandaag wordt Muriëls interne rekensom in het voordeel van de hagelslag beslecht.

'Puur graag,' zegt ze.

'En thee of koffie?'

'Thee.'

'Met suiker?'

'Ja graag,' zegt Muriël, 'of... nee, ja graag.'

De arrestantenbewaarder plaatst de objecten van haar verlangen naast ons op haar tafeltje en zij gaat erbij op de grond zitten om alles te rangschikken, ons helemaal links, rechts naast ons het zakje hagelslag, daaraan parallel het suikerzakje en helemaal rechts het bekertje thee, met recht daarachter de twee bekertjes water.

Wat de arrestantenbewaarder verder nog zegt, dat ze straks met haar advocaat zal kunnen spreken, maar helaas niet met haar huisgenoten, en dat ze gebruik kan maken van de douche als ze dat wil, hoort ze al niet meer. Al haar aandacht wordt opgeslokt door de uitstalling die voor haar ligt, en in het bijzonder door ons.

Wat zou ze nu proberen? Zou ze echt denken dat ze ons nog kan weerstaan, nu we zo dicht bij haar zijn? Ons Muurtje, ons metselaartje, zoals haar moeder altijd zei, half liefdevol, half veroordelend, want Muriël hield ervan bij elke hap een slokje melk te nemen, zodat we doordrenkt met melk haar slokdarm binnengingen. Een echte broodeter was ze. Zoals zij van ons kon genieten, en in hoeveelheden. Drie bij het ontbijt, vier op school, en 's middags voor de zwemtraining nog twee, die laatste twee geroosterd met kaas. Zoals zij ons in haar mond kon omwentelen met haar tong. Wat een genot.

En later, toen ze had gelezen dat je elke hap zesendertig keer moet kauwen voor je doorslikt; tot moes werden we gekauwd. Ze hield het anderhalf jaar vol, totdat ze een vriendje kreeg dat haar ijskoud uitlachte toen ze het hem vertelde. Daarna at ze weer zoals vroeger, maar haar liefde voor ons werd er niet minder om. Niemand kauwde ons met zoveel aandacht, niemand produceerde zoveel speeksel als zij, helemaal nadat ze in het tweede jaar van de HEAO op kamers was gegaan en de dagelijkse pindakaas bij het ontbijt vervangen had door boter met extra pure hagelslag.

'Smeer dat maar op je buik,' zei haar moeder daarover, want zo waren haar ouders dus. Elke dag op de weegschaal, geen suiker, geen roomboter, altijd alleen volkorenbrood. Niks mis mee natuurlijk, al had het wel iets heel gereformeerds. Wij mogen best lekker vet en zoet worden belegd zo nu en dan, dat maakt een mensenleven alleen maar aangenamer. En Muriël was helemaal niet van het type dat ook maar iets op haar buik hoefde te smeren. Zij was het type snelle verbrander, het type dat bloedarmoede kreeg als ze niet genoeg at.

Ze zal nu ook wel bloedarmoede hebben, zo mager als ze is. Nog altijd heeft ze ons niet aangeraakt, en we beginnen ongeduldig te worden. Wij zijn gemaakt om met het lichaam van een mens te versmelten, niet om langzaam weg te schimmelen in een plastic verpakking. We bevatten voldoende conserveringsmiddelen om een tijdje goed te blijven, maar met deze warmte kan het vrij snel gaan.

'Dus u wilt niet douchen?' vraagt de arrestantenbewaarder, die nog in de deuropening staat.

Muriël kijkt op. 'Eh. Ja graag,' zegt ze, en even vangen we een glimp op van de binnenkant van haar mond, waar wij hopelijk straks zullen belanden.

'Goed, dan kom ik u straks halen.'

En met die woorden verdwijnt de arrestantenbewaarder. Eindelijk, eindelijk zijn we alleen met haar. Eindelijk kan ze zich helemaal op ons concentreren. We voelen haar verlangen, maar ook haar wantrouwen. En dan herinneren we ons de stem van die vrouw, Melodie, de vrouw met wie ze samenwoonde toen ze met ons is gestopt.

'We zijn allemaal vrij om te eten wat we willen, maar brood trekt wel heel veel energie weg uit je lichaam. En ik denk dat dit de zuiverheid van jouw stem ook niet echt ten goede komt, Muriël. Misschien heeft het daar ook mee te maken dat het allemaal nog niet zo lukt. Je zou eens kunnen proberen wat voor effect het heeft om het een tijdje zonder te doen.'

De zuiverheid van haar stem. Wat een onzin. Iedereen weet dat Muriël niet kan zingen. Ze is met veel talenten geboren, maar zingen hoort daar nu eenmaal niet bij, zoals haar moeder altijd zei. Ongelofelijk dat die Melodie ons daar de schuld van gaf. Maar zij was dan ook geen broodeter, nooit geweest. Altijd had ze ons met lange tanden gegeten, en we waren er dan ook niet rouwig om toen ze ons helemaal niet meer hoefde.

Muriël daarentegen hebben we wel degelijk gemist, en zij ons ook. Ze ziet eruit alsof ze ons beter kan gebruiken dan ooit. Zo mager, zo moe, zo bang. Een stevige bodem in haar maag zou zoveel goeds teweeg kunnen brengen. Maar de twijfel heeft haar in zijn greep. De verlammende gedachte dat alles afhangt van de vraag of ze ons wel of niet zal eten. Dat alles verloren is als ze ons opeet. Meisje toch. We zijn maar brood. Aan ons is nog nooit iemand doodgegaan. Echt niet.

Muriël legt haar hand op onze verpakking en duwt. We voelen de warmte van haar vingers door het plastic heen. Ze brengt ons naar haar neus en snuift diep. Dan legt ze ons neer, pakt het zakje hagelslag en laat met haar vingers de korreltjes langs elkaar heen bewegen. Nu zal ze ons wel snel gaan opeten. Elk moment kan het gebeuren.

Maar het gebeurt niet. Iets anders wint, waarschijnlijk de

stem van Melodie, die zegt dat er van alles mis is met ons. In plaats van ons op te eten neemt Muriël een slokje thee en begint zachtjes te zingen, met haar bibberige, onzuivere stem.

Wij zijn licht
Wij zijn liefde
Wij zijn klanken overal
Wij zijn cellen vol met leven
Wij zijn niets
Wij zijn het al

Het komt vast door die Melodie, dat ze nu zingt in plaats van eet. Door haar is Muriël tenslotte ook met ons gestopt. Iedereen was vrij om te eten wat hij wilde, maar dan moesten ze wel eten wat Melodie vond dat het beste was. Vlak nadat Muriël bij haar was ingetrokken hield ze op met metselen, want melk drinken was plotseling ongezond. Vervolgens werden we uit het ontbijt geschrapt, vervangen door havermout, 'met lekker vers fruit', zoals Melodie dat noemde, daar zaten volgens haar veel meer voedingsstoffen in. En daarna begon ze af te geven op onze smaak.

'Je proeft wel dat er van alles aan is toegevoegd,' zei Melodie. 'Brood is in het algemeen al niet het gezondste, maar als je het dan toch eet, dan is zuurdesem wel het beste. En biologisch. Het is toch allemaal energie die je binnenkrijgt. Ik zit er ook over te denken of we niet zouden moeten overstappen op helemaal rauw. Ik weet niet hoe jullie je daarover voelen.'

Wij voelden dat het speeksel in de mond van Muriël het er absoluut niet mee eens was. Maar toch heeft ze ten slotte afstand van ons gedaan. Ongeveer een jaar nadat Muriël bij Melodie was gaan wonen at ze haar laatste boterham, en sindsdien hebben we haar niet meer gezien. Dat wil zeggen, vanuit de schappen in de supermarkt – daar kwam ze trouwens later ook niet meer, in de supermarkt – zagen we haar verlangende blik nog weleens onze kant op gaan als ze boodschappen deed met haar huisgenoten, en soms streek ze in het voorbijgaan even met haar vingers over onze verpakking. Maar de binnenkant van haar mond hebben we niet meer mogen aanraken.

Muriël is opgehouden met zingen, haar aandacht is weer bij ons. Ons uiterlijk is het probleem niet, daar zijn we zeker van. Onze kleur, onze vorm, onze smaak: binnen de bandbreedte van perfect tot extreem perfect heeft Muriël het geluk een van onze perfectere exemplaren te hebben gekregen. Een egale, luchtige en elastische textuur, een mooie korst, niet te bruin en niet te bleek, niet te slap en niet te krokant. Echt een lekkere gezonde boterham.

Maar nog raakt Muriël ons niet aan. In plaats daarvan neemt ze nog een slokje thee en dan begint ze geluidloos te tellen. We zien haar mond bewegen: honderd, negenennegentig, achtennegentig. Haar handen liggen op haar buik.

De tijd verstrijkt en Muriël laat ons liggen. Ze telt, ze zingt, ze wiegt zichzelf, ze drinkt afwisselend heel kleine slokjes van haar afkoelende thee en het extra water dat ze heeft gekregen. Ze gaat op haar bed liggen met haar rug naar ons toe. Ze wil ons maar ze wil ons niet, en na iets meer dan een uur komt de gezonde gebruiker van graanproducten terug om te zeggen dat ze over vijf minuten mag douchen, en dat ze over een uur met iemand van de GGZ kan spreken en daarna met haar advocaat.

'Oké,' zegt Muriël en ze knikt.

De man kijkt naar ons. 'Wilt u die boterham toch niet?'

Ze knijpt haar ogen stijf dicht en met een enorme inspanning lukt het haar om haar hoofd te schudden. Eén schudbeweginkje, heel snel.

'Dan neem ik hem weer mee.'

Met spijt ziet Muriël ons verdwijnen, en met spijt laten wij haar achter. We stellen ons voor dat ze zodra de deur achter ons is dichtgeklapt, 'Nee wacht,' roept, en dat ze dan op haar lip bijt en toevoegt: 'Misschien straks.'

Misschien straks. Dat zal ze zeggen tegen de dichte deur, want ze weet dat ze ons nodig heeft, hoe hard ze ook van honderd naar nul telt.

Terwijl we door de gang bij Muriël vandaan worden gedragen dromen we weg. We denken aan de zachte warmte die plotseling kan losbreken in haar mond. Aan hoe we worden gekauwd, vermengd met gesmolten hagelslag, rondgewenteld met haar tong, en doorgeslikt, voorbij de rozerode keel, haar kleine, smalle lichaam in. Hoe we de leegte van haar maag vullen met onze kleverige gluten, onze verstevigende vezels, onze geestversterkende koolhydraten. Het gaat gebeuren, heel binnenkort, dat kan niet anders. Vandaag heeft ze ons weerstaan, maar we komen terug.

4

Wij zijn de buren. Om te zeggen dat de hele straat in rep en roer is zou wat overdreven zijn, maar enige onrust hangt er wel tussen de huizen. Zo vaak maken we het niet mee dat er hier in de buurt een strafzaak speelt, met afzetlinten en politieagenten in uniform met een pistool aan hun riem die ons komen ondervragen. Wij zijn een nette buurt, in principe. Levendig maar netjes. Absoluut niet crimineel, over het algemeen. Dus ja, het maakt wel iets los, wat er is gebeurd. Het zet je aan het denken.

Op nummer 42 waren ze het eerst op de hoogte, omdat hij altijd om vijf uur opstaat om voor de file uit naar Groningen te rijden, je begrijpt niet hoe hij het volhoudt, gekkenwerk, maar hoe dan ook, hij zag rond kwart over vijf drie politieauto's wegrijden, en daarna kwamen die afzetlinten voor het huis te hangen. Vervolgens kwamen er andere politieauto's voorrijden en begonnen de mensen van de politie het huis in en uit te lopen en toen was het wel duidelijk dat er iets verschrikkelijks aan de hand was. We dachten aan een familiedrama, of woongroepdrama dan, want met zoveel politie denk je toch het eerst aan een serieuze misdaad. Dat die man met dat rode haar nu echt een keer goed door het lint was gegaan en een van die drie vrouwen om zeep had geholpen, of zichzelf, of iedereen, maar toen werd op de een of andere manier toch bekend dat een van die twee wat oudere vrouwen het loodje had gelegd, en het schijnt dat er wel mensen waren die zeiden dat ze hoopten dat het Melodie was, degene die altijd aan het woord is en de anderen nooit laat uitpraten, wat sommigen van ons nogal vervelend vinden, maar zulke uitspraken werden onmiddellijk afgekapt, want je mag natuurlijk niet hopen op de dood van wie dan ook, en al helemaal niet op grond van het feit dat diegene een vervelend iemand is. Iedereen heeft zijn voorkeuren en afkeuren, maar zoiets gun je niemand en als je het toch doet dan zeg je dat niet hardop, dat doe je gewoon niet. Maar goed. Sinds een uurtje of acht vanochtend gaat de politie dus van deur tot deur en hebben we al heel wat informatie weten los te peuteren, want voor wat hoort wat, vinden wij, dus wij vertellen heel graag wat we weten, maar dan wel in ruil voor wat details over de stand van zaken. Ze zijn spaarzaam met hun informatie, maar we zijn er nu in ieder geval achter dat het die andere vrouw is, niet Melodie maar die andere, haar zus, hoe heet ze, Elsbeth of zoiets, maar in ieder geval dus degene die er altijd al uitzag alsof ze elk moment kon omvallen. En nu wil de politie de toedracht weten.

De toedracht. De jongens en meiden van de recherche vragen ons begrip voor het feit dat ze nog niet te veel over de zaak mogen loslaten in verband met sturing van het onderzoek, maar ons kunnen ze niet verbieden om te zeggen wat we denken, dus we zeggen maar gewoon dat ze niet aten, niet genoeg tenminste, alle vier niet. Al vraag je je dan wel af waarom al die politie, want weinig eten is niet verboden voor zover wij weten. We leven in een vrij land. Niet dat wij er geen mening over hebben, maar iedereen leidt toch zijn eigen leven. Het gaat natuurlijk wel ver om zo weinig te eten dat je eraan doodgaat, dat wel. Dat zet je op zich wel aan het denken, als je nu ziet wat er is gebeurd. Het houdt je bezig. Mensen met wie je verder geen bemoeienis had, ga je in een heel ander licht zien, als je terugkijkt.

Het was een vreemd stelletje, dat sowieso. Je ziet het al niet vaak, vier volwassen mensen die samen in een huis wonen en verder ook alles samendoen. Je hebt stellen, je hebt gezinnen, je hebt alleenstaanden, die heb je ook steeds meer, dat wordt ook steeds normaler, al kiezen de meesten er waarschijnlijk niet voor om alleen te blijven, alleen is toch maar alleen. Maar vier volwassenen die samenwonen? En ze waren ook echt zo goed als altijd samen. Als één persoon zag je ze door de wijk bewegen. Zij, die Melodie, voorop, en de anderen erachteraan.

Degenen die hier kwamen wonen toen de wijk in aanbouw was herinneren zich haar nog wel van vroeger, toen ze nog gewoon een relatie had. Een lesbische relatie, dat wel, dat was toen nog vrij bijzonder, je zag het niet zo vaak, in die tijd, maar inmiddels zijn dat soort relaties toch ook behoorlijk ingeburgerd. Zelf zouden we er niet aan moeten denken, met iemand van ons eigen geslacht, het blijft op een bepaalde manier iets onnatuurlijks hebben, als je er heel intuïtief naar kijkt, maar we leven in een vrij land, of hadden we dat al gezegd. Hoe dan ook, die vriendin van die Melodie schijnt te zijn vertrokken en daarna met een man te zijn getrouwd, omdat ze toch ook gewoon een gezin wilde. Ook wel te begrijpen ergens. Heeft daarna wel vrij jong kanker gekregen, dus die kinderen heeft ze nooit kunnen zien opgroeien. Tragisch ook. Toch verspilde tijd dan, als je achteraf kijkt, zo'n lesbische relatie. Maar goed, dat is ook al lang geleden. Zij, die Melodie, heeft daarna nog een behoorlijke tijd alleen geleefd. Ze kwam niet veel buiten. Onze kinderen noemden haar soms de heks. Een grapje natuurlijk, een onschuldig kindergrapje. Ze had trouwens ook wel iets hekserigs, we snapten de vergelijking wel. Belletje lellen bij de heks, dat deden ze graag, in die tijd. De moeders vroegen zich weleens af of ze dat allemaal maar moesten toelaten, maar ach, het waren kinderen.

Het was natuurlijk ook niet zo leuk dat haar vriendin haar had verlaten. Maar soms hadden we wel het idee dat ze er een beetje in bleef hangen. Hadden we de indruk dat ze weinig dééd. Om eruit te komen, zeg maar. Dus ja, in die zin waren we wel blij voor haar toen die andere drie erbij kwamen. Wat trouwens ook alweer tien jaar geleden moet zijn geweest. Tijd gaat snel, dat merk je dan maar weer. Op een dag waren er opeens drie bij gekomen, één vrouw van haar eigen leeftijd, haar zus, bleek later, en dat was ook wel aan ze te zien, en dan nog twee jongere mensen, een man en een vrouw. Wat zij bij die vrouwen te zoeken hadden is ons een raadsel. Een jong stel, tenminste daar gingen we in het begin van uit, dat het een stel was, al wisten we dat later niet meer zeker, maar goed, in ieder geval twee mensen in de bloei van hun leven, die bij twee van die vreemde types gingen wonen. Geen idee wat ze daar te zoeken hadden. Maar oké, het is ons leven niet.

Van die oudere vrouw, die zus, Elsbeth, begrepen we het ergens nog wel. Het schijnt dat ze overspannen was, dat Melodie haar daarom in huis had genomen. Zo zag ze er ook wel uit, alsof ze nogal vermoeid was. En wat is er dan mooier dan een familielid dat je in huis neemt? Maar waarom die andere twee daaraan meededen, dat jonge stel, al zag je ze elkaar nooit aanraken, maar in ieder geval die twee, wat zij moesten bij die vrouwen, geen idee.

Aparte types, ja. Ze deden wel aan dingen mee, dat wel.

Gluren bij de Buren, Eet je Mee. Sommigen van ons zijn weleens bij ze binnen geweest. Dan zongen ze zelfbedachte liedjes met zijn vieren. Of dat mooi was? Tja. Ieder zijn smaak, zeggen we altijd maar. Het was goedbedoeld, ze deden echt hun best. Sowieso hadden ze de beste bedoelingen, daar twijfelen we niet aan. Mooie idealen hadden ze. Zij in ieder geval, Melodie. Het ging altijd over samen: samenwerken, samen leven, samen delen. Ze waren in ieder geval niet cynisch, dat is toch ook wel knap, als je ziet hoe de samenleving in verval raakt. En het leek relatief onschuldig. Al denk je nu achteraf dat het misschien ook wel wat zorgwekkend was allemaal. Nu de politie hier zo rondloopt. Er waren dingen waar je om kon lachen, maar er waren ook dingen die meer om te huilen waren. Die man bijvoorbeeld, hoe die soms stond te schreeuwen in hun achtertuin, midden in de nacht. Dan vroeg je je toch af of het wel helemaal gezond was hoe die vier met elkaar omgingen. Maar ja. Wat kan je doen? Je ziet het van een afstand en je hebt er eigenlijk te weinig mee te maken om er echt iets van te kunnen vinden. En zo lang mensen elkaar niet afmaken...

Verwacht hadden we het niet nee, dat er zoiets zou gebeuren. Je denkt er natuurlijk weleens aan, aan wat er mis kan gaan, vooral met je kinderen. Dat iemand opeens een pistool of een mes uit zijn binnenzak zou kunnen trekken, of dat die man van nummer 47 best een veroordeelde zedendelinquent zou kunnen zijn, die hierheen is verhuisd uit Amsterdam, of Rotterdam, of een andere stad met hoge criminaliteitscijfers. En je weet ook best dat die ene vrouw die op de hoek woont waarschijnlijk niet tegen een deur is aan gebotst als je haar weer eens met een blauw oog achter de kassa ziet zitten. Al is dit verder best een nette wijk wat dat aangaat.

Ze waren erg mager, op het laatst. Dat viel wel op.

En achteraf vraag je je dan ook wel af of het niet toch een soort van sekte was. Het had iets sektarisch, vonden sommigen. Maar dat is ook speculeren. En wat is eigenlijk een sekte. Ze liepen in ieder geval niet hare krishna zingend over straat. Ze waren behoorlijk zweverig, maar dat zie je wel meer tegenwoordig. Alleen dat niet-eten werd op een gegeven moment wel een dingetje. Dat namen ze veel te serieus als je het ons vraagt. Ze geloofden er echt in, leek het, in ieder geval die Melodie, die kon daar vol overtuiging over praten, als je ze tegenkwam op straat. En die drie broodmagere huisgenoten van haar stonden daar dan braaf knikkend bij te luisteren. Heel onwerkelijk eigenlijk, als je eraan terugdenkt. Ze had het over spirituele bevrijding, maar als je hun gezichten zag leek het eerder op een spirituele straf. Tja, ieder zijn ding, dachten wij dan maar. Tot op zekere hoogte natuurlijk, totdat het gevaarlijk wordt. Maar hoe kan je dat weten, wanneer het gevaarlijk wordt? Want nu met die politie en al die vragen die worden gesteld, ga je je toch ook wel afvragen of je niet had moeten ingrijpen. Iemand had moeten bellen. Maatschappelijk werk, als dat nog bestaat. Of toch de politie. Je wilt je alleen ook niet bemoeien met zaken die niet de jouwe zijn. Je ziet dingen, je hoort dingen, maar is dat genoeg? Die vier op straat, bewegend als één wezen. Hij, die man, schreeuwend. Maar hoe vaak is dat voorgekomen, welgeteld? En wat moet je dan zeggen, tegen maatschappelijk werk? Dat die mensen te weinig eten en dat daar iets tegen gedaan moet worden?

Soms had je gewoon het idee dat ze van een andere planeet kwamen. Ook door hoe ze eruitzagen. Die felgekleurde kleding, flodderend om die magere lichamen. En daarboven dan die grauwe grafgezichten. Echt anders. Waar natuurlijk in principe niets mis mee is, ieder zijn meug, dat is ook wel zo. Als vier mensen graag samen in één huis willen wonen, als dat ze gelukkig maakt. Wij zouden er zelf niet voor kiezen. Het is toch prettig om je eigen huishouden te draaien. De afwas te doen wanneer je wilt, de zaken netjes te houden, of minder netjes, al naar behoefte, waar je maar voor kiest, maar het is prettig als je dat zelf kan bepalen, binnen je eigen gezin. Lijkt ons. Maar ja, als zij samen in een huis willen wonen met zijn vieren, dan is dat niet verboden. En als zij veel te weinig willen eten, dan is dat ook toegestaan. Dus ja. Wie weet wat ze allemaal nog meer deden samen. Dat mag de politie verder onderzoeken, daar gaan wij niet over. Wij zijn hier niet om onze buren te veroordelen.

Wat je wel gaat denken, je weet eigenlijk maar weinig van die andere drie. Van die Elsbeth niet, maar ook niet van dat stel. Ja, die man, die hoorde je dus weleens schreeuwen, maar Elsbeth en die andere vrouw zeiden bijna nooit iets, zo goed als nooit. Die andere, die jongere, die glimlachte wel lief altijd als je ze tegenkwam. Een beetje verontschuldigend leek het wel. Mooie grote ogen had ze, ook toen ze steeds magerder werd. Ze had iets energieks, maar ook iets koortsachtigs. Het zag er niet uit alsof ze ergens toe gedwongen werd, dat niet. Maar ja, bij die Jehova's getuigen heb je ook niet altijd dat gevoel en toch zitten die behoorlijk vast, als je de verhalen mag geloven van mensen die eruit zijn gestapt.

Dus ja, het roept wel vragen op, dat zeker. Of die Melodie misschien minder onschuldig was dan je zou vermoeden. Of ze niet toch een strafkelder hadden of zoiets. Maar dat lijkt toch niet waarschijnlijk. Die huizen in dat rijtje hebben ook geen kelders, voor zover wij weten. En ze had het altijd over vlinders, die Melodie, en over muziek, en over samenwerken, dat soort dingen. Heel apart, maar op een bepaalde manier toch ook onschuldig. Je ziet haar niet met een mes voor je, absoluut niet. Daarbij denk je dan eerder aan die man, dat hij toch losse handjes heeft gehad. Dat hij toch niet van dat meisje met die grote ogen heeft kunnen afblijven. Zulke dingen. Maar goed, daar hebben we dan de politie voor. Wij kunnen niet achter de voordeur van onze buren kijken. Gelukkig niet, zou je bijna zeggen. Het leven is zo ook al ingewikkeld genoeg. En uiteindelijk moet iedereen er toch ook zelf wat van maken. We leven in een vrij land.

5

Wij zijn de raadsvrouw. Advocaat, zouden de meeste mensen zeggen, maar in onze functie spreken wij de taal van het recht, een precieze taal, die alle tot juridische verwarring leidende misverstanden effectief omzeilt. Daarom hechten we aan het woord raadsvrouw, omdat het zo exact onze functie verwoordt, in elk geval in deze fase van het strafrechtelijk onderzoek.

Het strafrechtelijk onderzoek: een vrouw is onder verdachte omstandigheden overleden, mogelijk door ondervoeding, met mogelijk verwijtbare nalatigheid door de naasten, de zus en twee andere verdachten die bij het slachtoffer in huis woonden. Verdachten hebben bezoek gekregen van de GGZ in verband met verward en emotioneel gedrag en een vermoeden van psychosociale problematiek, en hoewel er door de hulpverleners geen concrete diagnoses zijn gesteld, zijn de verdachten aangemerkt als kwetsbaar. Vooral de zus van het slachtoffer is, gezien de familieband begrijpelijkerwijze, overweldigd door emoties, en laat dit nu net de verdachte zijn die als cliënt aan ons is toegewezen, met wie wij op ditzelfde moment in een overlegruimte schuine streep verhoorkamer van het politiebureau zitten voor een eerste kennismaking en strategisch overleg.

Eerste indruk van cliënte: ongezond mager, overmand door emoties, zeer spraakzaam. Gelukkig is dit onze specialiteit, om door de verwarring van kwetsbare cliënten heen de juiste informatie te destilleren die nodig is om de zaak zo veel mogelijk in hun voordeel te beslechten. En hoewel het in ultimo casu niet onze taak is om de taal te spreken van de meeste mensen zijn wij ons er terdege van bewust dat in deze fase van het onderzoek de menselijke kant van het verlenen van bijstand negenennegentig procent van ons werk inhoudt, terwijl de juridische kant slechts één procent van de aandacht vraagt. Prioriteit nummer één is om cliënte op haar gemak te stellen. Allereerst door er niet al te indrukwekkend uit te zien, in deze fase van het onderzoek: niet te veel make-up, geen nette jasjes of hoge hakken, gewoon een bloesje met een mooie pantalon en een paar nette sneakers eronder. Laagdrempelig zijn. Liefdevol en in het nu. Aanwezig met ons verstand, maar ook met ons hart. Diep luisteren. Een open houding aannemen, de benen niet over elkaar geslagen maar naast elkaar, de voeten op de grond, de armen losjes op de verhoortafel gelegd. Een neutrale, empathische gezichtsuitdrukking.

Cliënte, mevrouw Van Hellingen, zit met hangende, licht voorovergebogen schouders tegenover ons. Haar handen beven een beetje. Ze vertelt over haar huisgenoten, die ze zo snel mogelijk zou moeten spreken.

'Ik zie dat je erg geschrokken bent, klopt dat?' Empathie tonen om een persoonlijke band te creëren. 'Vind je het trouwens goed als we "je" en "jij" zeggen? Dat praat altijd wat prettiger, vind ik. Mijn naam is Roos, en vind je het goed als ik jou Melodie noem, Melodie?' De voornaam gebruiken bij het aanspreken, om cliënte het gevoel te geven dat ze gezien wordt als mens.

Cliënte, Melodie, haalt haar neus op en knikt. 'Het is een

nachtmerrie. Echt een nachtmerrie. Ongelofelijk dat ze ons dit aandoen. Mijn zus overlijdt, na zoveel jaren waarin ik heb geprobeerd om haar te helpen, en dan stoppen ze me, dan stoppen ze ons in de cel. Zo onmenselijk. Niet luisteren, gewoon doorduwen. Verstoppen achter procedures en regels. Wat een verschrikkelijk systeem. Een verschrikkelijk en koud systeem.' Ze huivert. 'Alsof we geen mensen zijn maar honden.'

Basiscondities van de arrestatie controleren. 'Is je iets onoorbaars overkomen bij de arrestatie of tijdens je verblijf hier?'

Een blik van onbegrip.

'Ik bedoel, kun je me vertellen hoe het allemaal gegaan is, Melodie?'

Cliënte haalt adem en begint als een bezetene te ratelen. Wacht even, niet oordelen, open blijven en oog hebben voor emoties. Ze is erg geschrokken en ze heeft veel op haar hart. Vanuit emotioneel bewustzijn de feiten over de gang van zaken destilleren. Verdachte is aangehouden op verdenking van dood door schuld vanwege het onthouden van hulp bij doodsnood, recherche heeft haar daarbij netjes de cautie gegeven en bij binnenkomst op het bureau zijn alle procedures correct gevolgd. Toedracht van de aanhouding was het overlijden van de zus, waarna de waarnemend huisarts geen natuurlijke dood kon vaststellen en gemeentelijk lijkschouwer en politie zijn benaderd. Cliënte is verward over het concept 'natuurlijk'; zij herhaalt dat het overlijden van haar zus 'juist heel natuurlijk' is verlopen en dat zij en haar huisgenoten – cliënte spreekt overwegend in eerste persoon meervoud – een heel natuurlijk leven leiden, en dat juist wat er nu gebeurt, dat zij wordt gescheiden van haar overleden zus, en wordt verdacht van schuld aan haar dood, onnatuurlijk is. Deze conceptuele verwarring bij cliënte voor dit moment laten passeren en nagaan wat de aanleiding voor de arts geweest is om geen natuurlijke dood vast te stellen. Primaire verdachte omstandigheid lijkt het feit dat het slachtoffer, maar ook cliënte en de andere twee verdachten, zeer mager waren en dat hij de sfeer in het huis onprettig vond.

Ter zake doende feiten noteren, onderwijl verdachte regelmatig aankijkend. Cliënte herhaalt dat ze er niet over uit kan dat hun dit is overkomen. Haar ogen zijn vochtig.

'Ik zie dat je er erg door bent geraakt.'

'En niet alleen ik. Ik heb een helse nacht gehad, maar vooral ook vanwege mijn huisgenoten. Wij zijn gewend om altijd samen te zijn. Ze zijn erg kwetsbaar. Petrus kan enorme woedeaanvallen krijgen en als ik er dan niet ben om hem te helpen zijn weerstand te kanaliseren kan hij daar verschrikkelijk in vast komen te zitten. En Muriël is zo beïnvloedbaar. Wie weet wat het met haar doet als mensen tegen haar zeggen dat het onze schuld is dat Elisabeth dood is. Wat als ze straks nog gaat denken dat dat waar is? En daarbij is ze extreem gevoelig. Met zo'n grove energie als waar we nu in zitten vrees ik dat haar systeem volledig overbelast zal raken. En ik heb ook al de hele tijd tegen die man van het ontbijt gezegd dat wij geen kunstmatige en niet-biologische producten eten, zoals dat brood dat hij kwam brengen, en op zich zijn we geoefend om met weinig voedsel te leven, maar Muriël is nog steeds vrij sterk gehecht aan haar groentesap, dat heeft ze tot nu toe nog niet los kunnen laten. Die man was totaal niet begripvol, heel onvriendelijk was hij. Hij zei dat het hier geen hotel was. Kan je dan niet even naar de biowinkel gaan, vroeg ik nog, die zit hier echt vlakbij, en daar hebben ze heel geschikt biologisch wortelsap. Maar hij zei dat dat echt niet kon, en ik heb geen idee hoe Muriël daarop gaat reageren. En toen ik probeerde uit te leggen hoe belangrijk het voor haar is, dat het wel om een basisbehoefte gaat, die je een mens eigenlijk niet kan onthouden, ook al zijn we dan nu opeens arrestanten, en dat het anders misschien goed zou zijn als ik even met haar zou kunnen praten om te controleren hoe het met haar gaat, toen kapte hij me af en zei dat dat helaas ook niet kon en dat ik mijn klachten verder maar met mijn advocaat moest bespreken, en daarna deed hij gewoon de deur dicht, terwijl ik midden in een zin was, en –'

Begrijpend knikken en tersluiks op telefoon kijken hoe laat het is. Doel van het gesprek in de gaten houden. Een hand op de onderarm van cliënte leggen en zeggen: 'Melodie, het spijt me dat ik je even moet onderbreken.' Slecht nieuws brengen en vervolgens in gewonemensentaal uitleggen hoe het zit. 'Het slechte nieuws is helaas dat je volgens de wet inderdaad niet met je medeverdachten, je huisgenoten, mag spreken. Dat is omdat de recherche jullie verdenkt van iets strafbaars. En om goed te kunnen onderzoeken wat er is gebeurd, vinden ze het belangrijk dat jullie alle drie je eigen verhaal kunnen vertellen.'

'Maar wij zijn een woongroep. Ons verhaal is voor ons allemaal hetzelfde. Wij leven al zo lang samen. Ons eigen verhaal is óns verhaal, wij –'

Empathisch zijn en doorpakken. 'Ik begrijp heel goed dat jij dit zo ervaart. En als jullie dat allemaal zo ervaren, dan zullen jullie waarschijnlijk ook allemaal hetzelfde verhaal vertellen. Maar de politie weet dat nog niet. Die wil dat nog onderzoeken. En zoals je al hebt gehoord mogen ze jullie in ieder geval de komende twee dagen hier op het bureau houden. Dus dat betekent dat jullie elkaar de komende dagen helaas even niet te spreken kunnen krijgen.'

'Twee dagen,' cliënte, Melodie, wordt opnieuw emotioneel, 'twee dagen. Maar wij zijn een groep. Wij zijn niet vier losse mensen. We horen bij elkaar. Muriël en Petrus hebben mij nodig.' Ze staart even voor zich uit, het lijkt alsof ze nadenkt. 'En na die twee dagen? Wat gebeurt er daarna?'

Hoop geven en tegelijkertijd feitelijk blijven. 'Dat hangt af van de uitkomst van het onderzoek. Er kunnen redenen zijn om toestemming te vragen jullie langer in hechtenis te houden, als dat belangrijk is voor het onderzoek. Maar als ik jullie zaak zo bekijk, verwacht ik niet dat dit zal gebeuren. Tachtig procent kans dat jullie over drie dagen gewoon weer samen naar huis kunnen.'

'En mijn zus? Kunnen we dan mijn zus begraven?'

'In negen van de tien gevallen wordt het lichaam na forensisch onderzoek weer vrijgegeven. Dus ja, Melodie, de kans is heel groot dat jullie dan je zus – Elisabeth heet ze, toch? – kunnen begraven. Ik kan helaas geen beloftes doen, maar dat is hoe ik de zaak nu inschat.'

'Dit is zo oneerlijk,' zegt cliënte, schuddend met haar hoofd. 'Ik, haar zus. Terwijl ik haar altijd zo heb geholpen. Ze was zo kwetsbaar, zo zwak. Eigenlijk is ze nooit meer echt beter geworden nadat ze overspannen was geraakt. En onze vader, onze vader is zo hard voor haar geweest, zó hard. Dat wil je gewoon niet geloven. De laatste keer dat ze hem belde hing hij gewoon op. Ze heeft onze steun zo hard nodig gehad, van ons alle drie, maar vooral van mij. Ik bedoel, de anderen hebben zich ook enorm ontwikkeld sinds ze bij mij wonen, maar uiteindelijk ben ik toch degene geweest die het moest dragen. En dat ze dan nu denken dat ik, dat wij...'

Opnieuw subtiel kijken hoe laat het is.

'...en nu ben ik helemaal alleen,' zegt cliënte terwijl de tranen over haar wangen stromen. 'Ik ben alleen. Wat moet ik nou.'

Cliënte kijkt ons aan, angstig, wanhopig, en plotseling worden we overmand door een groot, onstuitbaar gevoel van mededogen met deze vrouw, die als een jong gerimpeld vogeltje met een uitgestoken nekje om haar moeder kwettert, en haar moeder is er niet, maar wij zijn er wel, en zonder erover na te denken of het passend is in deze professionele context, leggen we onze hand op het hoofd van cliënte en beginnen we te aaien. 'Rustig maar, Melodie, rustig maar. Het komt wel goed. Ik ga je helpen, daar ben ik voor. Ik ben ervoor om jou te helpen. Stil maar. Het komt goed. Ik beloof het.'

Melodie haalt opnieuw haar neus op. 'Denk je echt? Denk je dat echt?'

We verplaatsen onze hand naar haar schouder en bovenarm. Alleen maar botten, geen vlees. 'Ik beloof je dat ik er alles aan zal doen. En ik ben een goede advocaat.'

'Kan jij dan zorgen dat ik met Muriël mag praten?'

'Nee, dat kan helaas écht niet. We moeten ons aan de regels houden. Maar wat ik wel kan doen is binnen de regels alles zo goed mogelijk laten verlopen. Dus daar gaan we voor, goed?'

Melodie, cliënte, fronst en haalt diep adem.

'Goed zo, Melodie, heel goed. Haal maar even diep adem. Het is belangrijk dat we ons nu gaan concentreren, oké? We gaan zo goed mogelijk opletten, zodat we heel duidelijk weten wat we gaan doen om er zo goed mogelijk doorheen te komen. Oké? Dat is het beste wat je kan doen voor jezelf, maar ook voor je huisgenoten. Zij hebben er ook het meeste aan als wij goed nadenken. Dat je nu hier bent, daar kunnen we helaas niets meer aan veranderen, maar we kunnen wel alles doen om te zorgen dat jij over twee dagen je huisgenoten weer kan zien en dat jullie samen Elisabeth kunnen begraven. Dus. We hebben vanaf nu nog vijftien minuten om je zaak te bespreken. Wat denk je? Zullen we dat maar gaan doen?'

Cliënte snift.

'Is dat goed, Melodie?'

'Goed,' zegt cliënte. En vanaf dit punt neemt de professional in ons het weer over, met negenennegentig procent aandacht voor de menselijke kant en één cruciale procent voor de juridische.

6

Wij zijn de feiten. Strafbaar of niet, de beste manier om ons te benaderen is via de leugen. Alle onwaarheden elimineren tot wij naakt overblijven. En daarbij motiveert het om een sterke afkeer te hebben van de leugen, zoals we kunnen zien bij Liesbeth, de rechercheur die de leiding heeft over het onderzoek naar de dood van Elisabeth van Hellingen. Nu al zit ze met strak opeengeklemde kaken achter de computer, getroffen door de leugenachtigheid van de personen die de evangeliën verkondigen waarnaar Woongroep Klank en Liefde de afgelopen jaren heeft geleefd. Allemaal heel inspirerende personen, die hen enorm hebben geholpen in hun ontwikkeling, vermeldt Melodie op de website van de woongroep, en met groeiende verontwaardiging leest Liesbeth de artikelen over een van deze personen, een vrouw, een soort goeroe, die een veelgelezen boek heeft geschreven over lichtvoeding, en die nu weer beweert dat ze in staat is helemaal zonder eten en drinken te leven, en dat iedereen dit kan, door contact te maken met de universele levensenergie, en dan weer dat ze weliswaar geen eten nodig heeft maar toch weleens wat crackers eet, of een hapje ijs, gewoon voor de lekkere smaak; nu weer dat ze niemand aanraadt om zonder begeleiding te stoppen met eten, en dan weer dat haar dertigdagenplan geschikt is voor iedereen die voldoende gemotiveerd is en het écht gelooft. Niet alleen neemt deze vrouw het dus niet zo nauw met ons, maar ze gaat daarbij ook nog eens uitermate geraffineerd te werk, want zodra ze op haar leugenachtigheid wordt aangesproken, kan ze wijzen op de feitelijke beweringen die ze óók heeft gedaan, naast al haar leugens. Ze kan zeggen dat ze nooit heeft geclaimd dat ze daadwerkelijk niet eet en drinkt, maar alleen dat ze eten en drinken niet nódig heeft om te overleven. Aangezien ze het nooit langer dan een week heeft volgehouden om helemaal niet te eten of drinken, kan ze deze conclusie feitelijk niet trekken, maar strikt genomen is ook niet aangetoond dat ze, zou ze het langer hebben volgehouden, alsnog zou zijn gestorven. Het bewijs werd zelfs niet geleverd toen ze zich voor een televisieprogramma onderwierp aan een experiment waarbij ze live werd gevolgd terwijl ze helemaal niet at en dronk, want na een paar dagen waren haar nierwaarden zo alarmerend laag dat de begeleidend artsen besloten het experiment stop te zetten, om te voorkomen dat ze zou overlijden, maar of dit ook werkelijk zou zijn gebeurd bleef dus in het ongewisse, zodat de vrouw achteraf kon zeggen dat het experiment ten onrechte was stopgezet, om zo te verhinderen dat zij zou bewijzen dat leven van licht echt mogelijk is.

Andere vrouwen die ophielden met eten zijn wel doodgegaan, zoals de vrouw die toepasselijkerwijze Faith heette, die dood werd aangetroffen in de Schotse Hooglanden, waar ze in haar eentje op kampeervakantie was. In haar dagboek stond dat ze was begonnen met het vastenproces van dertig dagen uit het boek van de niet-eten-goeroe. Autopsie wees uit dat ze door uitdroging en onderkoeling was overleden, met ondervoeding als katalysator. En een vrouw die Ronda heette had het programma van dertig dagen gevolgd onder begeleiding van twee enthousiaste lezers van het boek. Op de tiende dag was Ronda overleden aan een longontsteking, nierfalen, uitdroging en een beroerte. Maar is het daarmee een feit dat de schrijfster van het boek zelf ook zou sterven als zij het vasten lang genoeg zou volhouden? Dat is niet te bewijzen. Slim van haar.

Wij feiten weten het antwoord trouwens wel, want wij beslaan de volledige ruimtetijd, inclusief alle oorzaak-gevolgrelaties in het universum, en daarom kunnen wij u hierbij verklappen dat ze inderdaad zou sterven als ze het probeerde. Sterker nog, ze zal binnen enkele jaren sterven aan een voedingsdeprivatiegerelateerde medische conditie, maar dit kunt u beter niet aan anderen vertellen, want de wereldorde zou verstoord raken als mensen op grote schaal op de hoogte kwamen van de toekomst. Daar zijn mooie, weliswaar feitelijk onjuiste, verhalen over geschreven.

Maar de dertigdagenvrouw is niet de enige die de bewoners van Woongroep Klank en Liefde zand in de ogen heeft gestrooid. Maruko en Alina, twee jonge mensen die de kunst van haar moeten hebben afgekeken, gaan al even inventief met ons om. Ook zij beweren dat ze geen eten nodig hebben, maar nergens valt te lezen dat ze helemaal nooit eten. Wie goed oplet, kan uit hun verhalen opmaken dat de twee geliefden, ook nog ouders van enkele wolken van kinderen, wel degelijk eten, maar alleen minder vaak. Zij zijn trouwens ook zo slim geweest het proces van dertig dagen in te korten tot negen dagen. Dat lijkt toch wat behapbaarder – excuseer de woordkeuze –, in ieder geval voor Woongroep Klank en Liefde, want Melodie schrijft op hun website dat ze de stap naar bevrijding van eten uiteindelijk hebben gemaakt onder de bezielende leiding van Maruko.

Al met al wordt er in niet-etenland behoorlijk onzorgvuldig met ons omgesprongen en dan is het fijn als er mensen zijn die zich helemaal ten dienste stellen van ons, om anderen bij de les te houden. Mensen zoals Liesbeth.

Liesbeth, doopnaam Elisabeth, geheel toevallig een naamgenoot van het slachtoffer wier dood ze onderzoekt, die de van de maatschappij gegeven taak heeft om te achterhalen of wij strafbaar zijn, en zo ja, om hier bewijzen voor te leveren die voldoen aan de wettelijke eisen. Hardop vloekend zit ze achter haar computer, scheldend op iedereen die het niet nauw genoeg neemt met ons.

'Jezus,' zegt ze, 'jezus-nog-aan-toe. Twee doden op haar geweten en dan nog blijven beweren dat ze geen eten nodig heeft. Wat een misdadigster. Haar zouden ze sowieso moeten opsluiten. En een spreekverbod opleggen.'

En net als een paar uur geleden antwoordt haar collega Ton, die aan het bureau schuin tegenover het hare zit te werken, dat hij Liesbeth zo niet kent, zo fel, zo veroordelend, maar wij kunnen haar gedrag wel verklaren aan de hand van een paar feiten waarvan Ton niet op de hoogte is, namelijk dat de dochter van Liesbeth, Nina, in het afgelopen halfjaar aan de lijn is gaan doen – waarbij ze eerst haar babyvet verloor, vervolgens nogal dun werd, en ten slotte ongezond mager –, en dat ze sinds een paar maanden ook weigert vlees en kaas te eten. Uit principe, zegt ze, maar inmiddels laat ze ook het grootste gedeelte van haar rijst en pasta staan, omdat ze beweert duizelig te worden van snelle koolhydraten, en Liesbeth heeft haar dochter altijd graag in een sfeer van acceptatie en vertrouwen willen opvoeden, zodat ze er nooit over zou hebben gepeinsd om stiekem in Nina's spulletjes te gaan neuzen, maar twee dagen geleden heeft de bezorgdheid over haar dochter toch de overhand genomen en is ze terwijl Nina op school zat haar kamer binnengegaan, waar ze tussen de achterste poot van Nina's bed en de muur een strip laxeerpillen vond, plus een briefje, gericht aan haar: *Als je dit briefje leest vermoord ik je. Ik doe toch wel wat ik wil. En mijn dagboek vind je toch niet dus rot nu maar weer op.*

Ze vond het dagboek vastgeplakt tegen de onderkant van de op een na onderste plank van Nina's kledingkast en destilleerde het volgende. Nina was al vier maanden op dieet, en sinds een maand of twee deed ze daarnaast dagelijks lange reeksen fit-girl-oefeningen. Om haar gewichtsverlies te bespoedigen won ze advies in van Pro Ana, een website, of meerdere websites, met tips voor anorexia-meisjes. Eén tip had Nina overgeschreven en onderstreept: *Schrijf op wat je eet. Als je altijd zo eerlijk mogelijk opschrijft wat je eet, durf je na een tijdje niets meer te eten, omdat het anders in je schrift zal staan!* Vanaf dat punt begonnen de dagelijkse lijsten van hoeveelheden ingenomen levensmiddelen, tot op de gram nauwkeurig – Nina had stiekem alle dingen die ze regelmatig at gewogen met een brievenweger om vast te stellen hoeveel gram een eetlepel of een theelepel precies woog –, en met de hoeveelheid calorieën die het voedsel bevatte erbij, zodat Liesbeth kon uitrekenen dat Nina maar zo'n vijfhonderd calorieën per dag binnenkreeg, en moest concluderen dat het leven van haar dochter in gevaar was. En dit feit, dat Liesbeth haar dochter ziet verdwijnen onder haar ogen, gecombineerd met de foto's die ze heeft gevonden van een steeds sterker vermagerende Elisabeth tussen haar al net zo sterk vermagerende huisgenoten, en de manier waarop diezelfde huisgenoten op hun website de net niet liegende Alina en Maruko ophemelen, maakt haar woedend. Wat haar niet tot de meest geschikte persoon maakt om het onderzoek te leiden, maar net als haar dochter is Liesbeth niet iemand die zomaar opgeeft als ze zich ergens eenmaal in heeft vastgebeten, en ze vertelt zichzelf dat ze de zaken heus wel van elkaar kan scheiden, ook omdat ze in wezen heel anders zijn, omdat het slachtoffer in dit onderzoek geen eetstoornis had. Maar het verontwaardigde deel van haar brein denkt daar anders over en zegt: niet eten is niet eten, wat de aanleiding of oorzaak ook is, en daar valt wat ons betreft geen speld tussen te krijgen, maar de volgende gedachte die ze heeft, dat mensen die anderen er door middel van leugens toe aanzetten zichzelf uit te hongeren moeten worden gestraft, kunnen wij als feiten niet bevestigen of ontkennen; uitspraken over moraliteit moeten we tot onze spijt aan anderen overlaten. En ook Liesbeth zou er mogelijk verstandiger aan doen zich helemaal op ons te concentreren, maar ook daarover kunnen wij eigenlijk niet echt iets zeggen.

Hoofdschuddend staat Liesbeth op, pakt haar notitieblok en loopt weg van haar computer. Ze heeft een afspraak met Asif, een nieuwe collega die samen met haar de verhoren gaat afnemen. Een jonge man nog, en op zijn eigen manier even bevlogen als Liesbeth. Een paar jaar geleden heeft hij zich van econoom tot rechercheur laten omscholen omdat hij meer voor de samenleving wilde betekenen. Zijn scriptie ging over het verhoren van kwetsbare verdachten en nu is hij binnen het team aangewezen als specialist op dat gebied.

'Koffie?' vraagt hij als ze de vergaderkamer binnenkomt waar hij op haar zit te wachten. Hij fronst. 'Gaat het wel goed?'

'Ja hoor, prima. En ik hoef geen koffie. Laten we maar meteen beginnen.'

Asif knikt en begint uit te weiden over kwetsbare verdachten: wat kwetsbare verdachten nodig hebben in het algemeen, wat hij tot nu toe te weten is gekomen over de achtergrond van deze verdachten en wat dat betekent voor de manier waarop ze de verhoren het beste kunnen aanpakken. Liesbeth luistert zwijgend, haar armen strak over elkaar geslagen en haar lippen tot een rechte streep getrokken.

'Uit mijn onderzoek is trouwens ook gebleken dat lichaamstaal heel belangrijk is,' zegt Asif. 'Dus bijvoorbeeld hoe jij nu zit. Dat kan op kwetsbare verdachten nogal... hoe zal ik het zeggen? Het zou een gevoel van paniek kunnen veroorzaken.' Hij knipoogt. 'Grapje, hoor. Maar even serieus, ik denk wel dat het goed is als jij straks iets meer een open houding aanneemt, bijvoorbeeld zo.'

Hij leunt achterover, legt zijn handen losjes op tafel en trekt zijn mondhoeken een klein beetje naar boven.

Liesbeth slaat haar benen over elkaar. 'Oké, Asif. Leuk dat je die scriptie hebt geschreven, maar ik doe dit werk inmiddels lang genoeg in de praktijk om te weten hoe ik met een verdachte moet praten. En kwetsbare verdachten zijn niet alleen kwetsbaar, maar ook verdachten. Dat moeten we wel voor ogen houden. Dus aangezien we nog maar een half uur hebben, stel ik voor dat we die tijd verder besteden aan de feiten die we boven tafel willen krijgen.' Ze kijkt op haar horloge. 'Vijfentwintig minuten, want ik ga eerst nog even een sigaretje roken. Wil jij ook? Of mag dat niet van je geloof?'

'Dat vind ik nogal een stereotyperende vraag, als ik het mag zeggen. Ik maak mijn eigen keuzes en ik kies ervoor om mijn longen gezond te houden. Zou jij ook kunnen doen. Of mag dat niet van jouw geloof?'

Liesbeth kucht. 'Oké. Sorry, hoor, ik wilde je niet beledigen.' Ze steekt haar hand in haar broekzak, op zoek naar een aansteker. 'Je hebt gelijk hoor, heel verstandig. Dan ben ik zo terug.'

En nog altijd kokend van woede over mensen die zichzelf moedwillig de dood in helpen, aangemoedigd door leugenaars en charlatans, neemt ze de lift naar het dakterras, waar ze twee sigaretten achter elkaar oprookt.

7

Wij zijn een sinaasappelgeur. Sinds de rechercheur die luistert naar de naam Asif de verhoorkamer is binnengestapt, zijn wij voor de goede ruiker onmiskenbaar aanwezig in de lucht. En Petrus is een goede ruiker, vooral als het om sinaasappelgeuren gaat. Vluchtig en onzichtbaar als we zijn, dringen we moeiteloos de geesten van de mensen binnen, om in een flits herinneringen en gevoelens los te maken die ze vergeten hoopten te zijn, en zodra we de receptoren in Petrus' neus bereikten werd hij woedend. De woede komt van diep, van lang geleden, maar de beelden die we bij hem naar boven brengen zijn bijna tastbaar. De mond van een jongen met blond stekeltjeshaar en veel puistjes, die geluidloos het woord 'sinaasappellulletje' vormt, waarbij slijmdraden zich uitrekken tussen zijn tong en zijn verhemelte. Een tas, een rode rugtas van een duur merk. Een rij ontblote gele koffietanden met een grijze snor erboven. En het gezicht van zijn moeder, waarop onherstelbare teleurstelling te lezen is.

De tas was nieuw. Een mooie tas was het, in een mooie rode kleur, en Petrus had er net zo lang om gezeurd tot zijn moeder, die hem veel te duur vond, overstag was gegaan. Het was de eerste dag dat hij hem had opgedaan naar school, en omdat hij zijn klasgenoten niet vertrouwde, had hij hem geen moment uit het oog verloren. Alleen tijdens de grote pauze had hij hem even in zijn kluisje gestopt om naar de wc te kunnen gaan, want op de wc waren tassen niet toegestaan.

Maar toen hij na de grote pauze zijn biologieboek wilde pakken, drongen wij schijnbaar uit het niets, maar in werkelijkheid vanaf de bodem van zijn tas, plotseling zijn neus binnen, samen met een muffe schimmellucht. Petrus voelde zijn gezicht verstrakken. Langzaam legde hij zijn biologieboek op zijn tafeltje. Het lichtblauwe kaftpapier was groen verkleurd aan de onderkant, net als het kaftpapier van zijn wiskundeboek, toen hij dat tevoorschijn haalde, en zijn economieboek, en zijn schriften.

Onder in zijn nieuwe tas lagen twee beschimmelde sinaasappels.

Een moment lang bleef Petrus naar de sinaasappels kijken, denkend aan wat zijn mentor tegen hem had gezegd. 'Ik heb ze gewaarschuwd, maar als er toch weer wat gebeurt, tel dan alsjeblieft eerst even tot tien. Gewoon tot tien tellen. Als je kwaad wordt beloon je ze alleen maar.'

Hij kwam tot zeven. Toen keek hij op, recht in de ogen van de jongen met het stekeltjeshaar, van wie hij meteen al had geweten dat die het gedaan moest hebben. Lachend keek de jongen hem aan, en vormde met zijn mond het woord 'sinaasappellulletje'.

De conciërge, dacht Petrus. Zonder iets te zeggen liep hij de klas uit, met de twee sinaasappels in zijn handen, het geroep van zijn biologieleraar negerend, en stormde het hokje van de conciërge binnen.

'Heb jij die klootzak de loper van de kluisjes gegeven?'

De conciërge stak zijn handen omhoog. 'De kluisjes? Ik weet niet waar je het over hebt.' Hij liet zijn handen weer zakken. 'Maar ik zeg altijd wel, een grapje moet kunnen. Dat vind ik wel. Dat maakt het leven op school toch een beetje draaglijker.' En hij grijnsde breed, maar twee seconden later grijnsde hij al niet meer, want toen kreeg Ben, conciërge van het jaar 1984, in ieder oog een beschimmelde sinaasappel gedrukt.

Het was de eerste keer dat Petrus officieel in de beklaagdenbank terechtkwam. Hij had wel vaker op zijn kop gekregen voor de schade die hij aanrichtte als hij uit zijn vel sprong, maar nooit was de beschuldiging zo serieus en in zijn eigen ogen tegelijk zo onterecht geweest. Samen met zijn moeder moest hij op school komen voor een gesprek met de rector, de voorzitter van het schoolbestuur en de conciërge, die volhield dat hij een grapje had gemaakt, dat hij er nooit aan zou denken om de loper van de kluisjes aan een leerling te geven. Iedereen wist dat de conciërge het niet zo nauw nam met de regels, en dat hij een bondje had met de jongen met de stekeltjes, maar de rector en de voorzitter wilden Petrus niet geloven, en zijn moeder ook niet, en zelfs als de conciërge de loper wel had uitgeleend, dan was het nog steeds onacceptabel wat Petrus hem had aangedaan. Het was niets minder dan een daad van agressie, waarvoor de conciërge aangifte had kunnen doen bij de politie, zodat hij blij mocht zijn dat hij er met een schorsing vanaf kwam. Twee weken had hij thuis moeten blijven en het huishouden moeten doen voor zijn teleurgestelde moeder. Daarna was hij veroordeeld tot het dagelijkse gebruik van een tas waarin wij altijd vagelijk aanwezig zouden blijven, want hij kon het zijn moeder niet ook nog aandoen om die tas niet meer te willen.

Sindsdien kan hij ons niet ruiken zonder kwaad te worden, vooral niet op momenten waarop hij ons niet verwacht, en omdat hij ook nog zenuwachtig is voor het verhoor, en hij voor alles wil voorkomen dat hij een woedeaanval krijgt, slaat hij zijn armen over elkaar en richt zijn blik strak naar beneden.

Asif haalt diep adem. Doordat hij dagelijks na de lunch een sinaasappel eet, merkt hij ons nauwelijks nog op, maar hij herkent de lichaamstaal van Petrus als schoolvoorbeeldgedrag van een kwetsbare verdachte. Ruimte maken, geen druk uitoefenen, dat is nu de sleutel, denkt hij. Om de verdachte op zijn gemak te stellen leunt hij achterover en brengt langzaam zijn hand naar zijn koffiebekertje om een slok te nemen, niet beseffend dat hij door het bewegen van de hand waarmee hij net zijn sinaasappel heeft geschild de geursituatie alleen maar erger maakt. Opnieuw dringen wij nadrukkelijk Petrus' neus binnen, en er komt een nieuwe golf van woede in hem op, die nu twee kanten op kan; hij kan uitbarsten of hij kan naar binnen slaan. Hij slaat naar binnen. De woede zet zich vast in de spieren van zijn nek en zijn gezicht. Maar helemaal binnenhouden lukt hem niet en al helemaal niet nu hij tegelijkertijd antwoord moet geven op de vraag die Asif hem stelt, 'Vertel eens iets over jezelf.' Zijn keel zit dicht, zijn mond zit dicht, zijn hoofd; alles zit dicht. Petrus trekt zijn over elkaar geslagen armen nog strakker tegen zich aan. Hij kijkt naar beneden, hij kijkt naar het plafond, hij kijkt opzij, naar zijn advocaat, maar het lukt hem niet om ook maar een woord uit te brengen. Hij zit volledig gevangen in zichzelf.

Asif fronst zijn wenkbrauwen. 'Wil hij zich beroepen op zijn zwijgrecht?' vraagt hij aan Petrus' advocaat, een stevige vrouw met kortgeknipt grijs haar in een donker mantelpak. 'Of hebben jullie nog wat tijd nodig?' En hij stelt voor om een pauze in te lassen, zodat Petrus en zijn advocaat kunnen bespreken wat er aan de hand is.

Liesbeth en Asif verlaten de ruimte, ons in een vrijwel onwaarneembare hoeveelheid in het kamertje achterlatend.

'Meneer,' zegt de advocaat, 'meneer Zwarts. Wat gebeurt er? Wat gebeurt er met u? Het is wel belangrijk dat u antwoord probeert te geven op de vragen.'

De spieren van zijn kaken spannen zich aan.

'U bent van slag,' zegt ze. 'Wilt u vertellen waarom u van slag bent?'

Een korte ruk met zijn hoofd.

'Bent u bang?'

Opnieuw nee.

'Is het iets wat we moeten bespreken?'

Nee.

'Denkt u dat u weer rustig kunt worden?'

Hij haalt diep adem.

'Helpt het om te zuchten?' vraagt de advocaat.

Hij zucht een paar keer.

'Goed zo,' zegt ze.

Petrus denkt aan Melodie. Hij probeert zich dingen te herinneren die zij altijd zegt op dit soort momenten. Voel je gevoel. Vind de verbinding. Adem door je weerstand heen. Hij ademt door zijn weerstand heen. En opeens denkt hij aan een sigaret, wat niet door ons komt maar door de lichte sigarettenwalm die Liesbeth in het kamertje heeft achtergelaten, en hij vraagt of hij misschien een sigaret mag. Zou dat mogen? Even roken? Maar zijn advocaat zegt dat dat echt niet kan; ze hebben maar een paar minuten overlegtijd, ze zitten midden in het verhoor, de rechercheurs kunnen elk moment weer binnenkomen.

'Gaat het lukken denkt u? Rustig in- en uitademen? Ik zit naast u. Zal ik nog even herhalen wat ik net heb uitgelegd?

Ze gaan waarschijnlijk vooral vragen stellen over uw leven en die kunt u gewoon eerlijk beantwoorden. En hetzelfde geldt voor vragen over gisternacht. Als u twijfelt, kunt u altijd om overleg vragen. Ik zit naast u en ik zal ook onmiddellijk ingrijpen als er iets gebeurt wat niet in uw belang is. Goed?'

Petrus zegt goed en dan komen de rechercheurs alweer binnen, en inmiddels zijn de laatste sinaasappelrestjes gelukkig bijna van de handen van Asif verdwenen, zodat onze aanwezigheid voldoende subtiel blijft om Petrus niet meer witheet te laten worden, en met de vragen van Asif en Liesbeth over zijn dagelijks leven maakt de wolk van herinneringen aan zijn middelbareschoolverleden plaats voor een andere wolk, zonder mannen en jongens, maar met vrouwen, drie vrouwen, twee oudere en een jonge. De rechercheurs willen graag van hem weten hoe hij deze vrouwen heeft ontmoet en waarom hij met ze is gaan samenwonen; hoe het komt dat hij daarvoor heeft gekozen. Petrus ademt in en uit, zijn geest doorzoekt de wolk en probeert een antwoord te formuleren.

Waarom ging hij met ze samenwonen? Hij weet het niet. Het is hem overkomen. Hij was weer eens ergens met ruzie ontslagen en hij had besloten in therapie te gaan om zijn woede te leren beheersen. In de bibliotheek had hij een foldertje gevonden over therapie op basis van gevoel en muziek. Omdat hij niet zo van praten hield, maar wel graag naar muziek luisterde, had hij gedacht dat dat wel bij hem zou kunnen passen, en dus had hij een afspraak gemaakt met Melodie. Eerst waren de sessies kort geweest, maar geleidelijk werden ze steeds langer, zaten ze soms uren achter elkaar te praten en oefeningen te doen. Er kwamen groepssessies bij met andere cliënten van Melodie, sessies die soms hele dagen in beslag namen, maar dat gaf niet, want hij had de tijd. En toen had Melodie voorgesteld om een hele week te nemen. Om een hele week lang samen weg te gaan, naar een groot huis in de bossen bij Nunspeet, om hun verhouding tot elkaar te onderzoeken.

Alle mogelijke emoties waren voorbijgekomen die week. Er werd geschreeuwd, gehuild, gelachen, soms voorzichtig aangeraakt, als Melodie zei dat ze elkaars handen mochten vastpakken. Dan glimlachten ze allemaal, en iedereen was het erover eens dat dit een mooi moment, een moment van verbinding was. Na een week, of misschien waren het wel twee weken geweest, hij herinnert het zich niet zo scherp, was de vakantie afgelopen en toen ze allemaal hadden ingepakt en op het punt stonden te vertrekken, had Melodie iedereen bij elkaar geroepen. Ze zaten in een kring op het gazon achter het huis, hun bagage op een grote hoop gelegd, terwijl Melodie haar verhaal deed. Ze zei dat ze dacht dat hier veel meer in zat, dat het potentie had, dat iedereen ontzaglijke diepten en hoogten kon bereiken als ze hier langer mee door zouden gaan, als ze dit tot hun manier van leven konden maken, en daarom had ze besloten haar huis open te stellen voor iedereen die daar interesse in had. Wie wilde mocht bij haar komen wonen om samen verder dit pad op te gaan.

Er was een lange stilte gevallen. Sommige mensen keken weg, anderen stelden vragen. Hoeveel mensen passen er in je huis? Wie gaat het geld binnenbrengen? Waar moeten we slapen? Melodie zei: 'Daar komen we wel uit. Wie erin wil stappen, mag erin. Als het huis te klein blijkt kunnen we op zoek gaan naar iets groters. Als er zich problemen voordoen kunnen we die samen aanpakken, net zo lang tot we het allemaal met elkaar eens zijn. Iedereen die niet mee wil doen, mag wat mij betreft nu de kring verlaten en vertrekken. Even goede vrienden, echt waar. Maar misschien is het dan wel goed om de vraag mee naar huis te nemen waar je eigenlijk voor vlucht. En hoelang je nog wilt blijven vluchten.'

En Petrus wilde niet blijven vluchten. Hij wilde geen vluchter zijn. Ik ben geen vluchter, dacht hij, ik ben een vechter. Dus hij bleef. Even dacht hij dat hij de enige zou zijn, maar toen bijna iedereen de kring verlaten had, zag hij dat ook Muriël was blijven zitten. En alsof het vanzelf sprak hadden ze hun tassen gepakt en waren met Melodie mee naar huis gegaan.

In het begin leek het op een voortzetting van de vakantie. Melodie had voorgesteld om net als op vakantie op hun luchtbedden te slapen, naast elkaar in de woonkamer. Ze sliepen samen, ze stonden samen op. Samen brachten ze de dag door. Muriël had net als hij geen werk, of ze had wel werk maar daarvan had ze zich langdurig ziek gemeld, dus ze hadden alle tijd. Na een week ging Petrus nog een keer naar zijn oude huis om wat spullen op te halen. Hij zegde zijn huur op en op de dag van de sleuteloverdracht zette hij de rest van zijn spullen bij het grofvuil.

'Mooi,' had Melodie gezegd. 'Mooi dat het jullie zo goed lukt om jullie oude leven los te laten. Die spullen, daarmee verlies je heel veel ballast. Dat ben je alvast kwijt.'

Ze deden niet veel behalve eten, slapen, zingen en praten. Veel praten. Vooral Muriël praatte iedereen de oren van het hoofd.

Een week nadat ze met zijn drieën waren gaan wonen was Elisabeth erbij gekomen. Zwijgend, bijna ongemerkt, had ze zich bij de groep gevoegd. Ze sprak nog minder dan hijzelf; Elisabeth en hij waren de stillen.

'Jullie sluiten je af,' zei Melodie als ze vond dat ze te weinig zeiden. 'Jullie gaan uit contact.'

Uit contact gaan was fout. En om ze te helpen in contact te blijven schreef Melodie met kleurpotlood zinnen op kleine papiertjes om op te zeggen in hun hoofd. 'Ik ben verbonden met de hele wereld.' 'De ander is een spiegel van mijn diepste zelf.' 'Ik kan mijn hart openen voor iedereen.'

'Petrus?' zegt Asif. 'Heb je de vraag gehoord? Waarom ben je bij de groep gegaan, kun je daar iets over zeggen?'

Petrus kijkt op. 'Voor mijn ontwikkeling. Om te leren beter contact te maken. En om met mijn weerstand om te leren gaan.'

De rechercheurs vragen verder, en Petrus doet zijn best om de juiste antwoorden te geven. Hij hoort zichzelf praten; zinnen die uit de mond van Melodie lijken te komen, en die hij wel denkt te geloven, maar waarvan hij tegelijkertijd niet precies weet wat ze betekenen.

Pas op het laatst komt Elisabeth ter sprake. Elisabeth, die pas echt niet goed was in contact maken. Die zich nauwelijks durfde te bewegen, nooit uit zichzelf het woord nam. Die zo weinig ruimte innam dat ze vaak vergaten dat ze er was. Alleen als ze zat te kleuren met haar kleurpotloden zag hij soms een kleine glimlach op haar gezicht.

'Fijn, Elisabeth,' zei Melodie dan. 'Laat het maar toe. Het mag, je fijn voelen mag.'

Elisabeth was een soort huisdier van Melodie, een wezen dat wel leefde en ademde zoals zij allemaal, maar waar ze toch niet op hetzelfde niveau mee konden praten, denkt Petrus bij zichzelf. Maar tegenover zijn ondervragers houdt hij zich op de vlakte. Hij zegt dat ze moeite had met contact maken, dat ze vaak erg zwijgzaam was, maar dat hij wel het idee had dat het leven in de groep haar goed deed.

'En uw dieet? Kunt u daar wat meer over uitleggen?'

'Dieet?'

'Klopt het dat jullie daarmee gestopt zijn, met eten,' wil Liesbeth weten.

En weer antwoordt hij met woorden die niet van hemzelf lijken. Voedsel loslaten, zuiverder leven, niet meer nemen dan je werkelijk nodig hebt.

'Kunt u iets vertellen over gisternacht, toen Elisabeth ziek werd?'

Hij vertelt met tegenzin.

'Heeft u er nog aan gedacht om een dokter te bellen?'

'Dat vonden we niet nodig.'

'Wie vond het niet nodig?'

'Melodie was bij haar.'

'Heeft u over de mogelijkheid gepraat?'

'Welke mogelijkheid?'

'De mogelijkheid om contact op te nemen met een arts.'

'Nee.'

'En u hebt er zelf ook niet aan gedacht?'

'Nee.'

'En dacht u dat ze dood kon gaan?'

'Daar dacht ik niet aan, nee.'

'Dus u dacht dat ze het wel zou overleven.'

'Nee, dat dacht ik ook niet.'

'En wat dacht u dan wel?'

Petrus denkt na. 'Niets,' zegt hij.

Liesbeth recht haar rug. 'Uw huisgenoot ligt onder uw ogen dood te gaan en u denkt niets?'

Asif kijkt opzij en maakt een sussend gebaar, en even vrezen we dat die beweging bij Petrus een nieuwe woedeaanval zal veroorzaken, maar Petrus ruikt ons niet meer. Hij is moe. Moe van het praten over dingen waarover hij niet wil praten.

'Ik probeerde aanwezig te zijn,' zegt hij. 'In het moment.'

Liesbeth wisselt een blik met Asif en kijkt op haar horloge, en zonder het te weten brengt ze daarmee een andere geur terug in de lucht, en daarmee in Petrus' bewustzijn: die van sigarettenrook.

Hij kijkt opzij naar zijn advocaat. 'Ik wil een sigaret. Ik wil stoppen en ik wil een sigaret. En ik beroep me op mijn zwijgrecht totdat ik heb gerookt.'

8

Wij zijn Klank en Liefde. Zelf zouden wij elkaar waarschijnlijk nooit hebben uitgekozen, maar sinds wij samen op een bordje prijken naast de deur van het huis van Melodie, verbonden door een ampersand, zijn we elkaar steeds meer gaan waarderen. Zijn we van elkaar gaan houden, zou Liefde zeggen, maar Klank denkt meer in termen van resonantie, wat volgens hem wel aantoont dat we echt nog niet altijd op dezelfde golflengte zitten, maar desondanks hebben we het samen zo slecht nog niet. Ook in een gearrangeerd huwelijk kan zich een diepe genegenheid ontwikkelen, denkt Liefde dan, en Klank kaatst terug dat hij het meer ziet als een onverwachte harmonie.

'Ik wil iets wat onze essentie beschrijft,' had Melodie gezegd. Samen met haar nieuwe huisgenoten zat ze op de grond in de woonkamer. 'Iets wat voor ons allemaal belangrijk is, waar we ons allemaal door kunnen laten inspireren. Ik dacht zelf aan Liefde, want daar gaat het uiteindelijk toch allemaal om bij ons, denken jullie ook niet? Liefde voor onszelf, voor elkaar en voor de wereld. En ook om steeds meer te gaan ervaren dat die drie dingen op een dieper niveau hetzelfde zijn.' Ze keek naar haar huisgenoten. 'Wat denken jullie?'

Muriël knikte. 'Mooi, ja. Woongroep Liefde. Of De Liefde? Of Woongroep van de Liefde? Of huis. Huis van de Liefde.'

Ze zocht de blikken van de andere twee. Het gezicht van Petrus was niet te lezen; Elisabeth zat fronsend naar haar handen te kijken.

'Goed zo,' zei Melodie. 'Heel goed dat je zo meedenkt, Muriël. Fijn dat je jezelf inbrengt. In deze groep hebben wij allemaal een stem en we mogen allemaal gehoord worden. Dus goed dat jij die ruimte ook voelt en neemt.' Ze sloot haar ogen, ademde langzaam en duidelijk hoorbaar in en uit, en keek opnieuw de kring rond. 'Ja. Dus Liefde, daar zijn we het over eens. En wat ook een belangrijk iets is voor mij, voor ons, is muziek. Afstemming. Klank. Klank is zo'n krachtig middel om contact met elkaar te maken. Om de liefdesenergie echt te gaan voelen. Dat hebben jullie zelf ook wel ervaren.'

'Dat is ook mooi, ja,' zei Muriël. 'Woongroep Liefde en Klank.'

'Ja,' knikte Melodie, 'ja. Ik snap dat je het zo zegt, want Liefde is natuurlijk de belangrijkste, op een bepaalde manier. Liefde is iets meer het doel en Klank meer het middel. Maar zelf had ik dan wel bedacht om het andersom te zetten. Vanwege het ritme. Daar ben ik nogal gevoelig voor zelf. Dus Woongroep Klank en Liefde. Wat denken jullie? Petrus? Elisabeth?'

En zo werden wij samengebracht in de naam van de nieuwe woongroep van Melodie, zomaar op een regenachtige dinsdagmiddag. En toen Liefde later voorzichtig peilde bij Klank of hij het niet pijnlijk had gevonden als de minder belangrijke te worden weggezet, bracht Klank daar tegenin dat hij uiteindelijk wel als eerste was geplaatst, ook nog met het argument dat de naam als geheel dan beter klonk, zodat Liefde dan misschien in theorie wel belangrijker werd gevonden, maar Klank in de praktijk de doorslag had gegeven, een patroon dat we in de beginjaren van de woongroep wel vaker zagen terugkomen: in theorie was Klank een middel tot Liefde, maar in de praktijk wilde Liefde nog weleens buitenspel worden gezet als het ging om het bereiken van de juiste klank.

Melodie had voorgesteld samen muziek te gaan maken, om zo hun liefde voor elkaar te voeden. En ze wilde samen optreden, om die liefde in de wereld te verspreiden.

'Op termijn kan het ook een manier voor ons worden om geld te verdienen,' voegde ze daaraan toe, iets wat Liefde in al haar welwillendheid best bereid was te geloven, maar waarbij Klank van het begin af aan grote twijfels had, omdat Muriël geen toon kon houden. Amuzikaal, concludeerde Klank heel stellig toen hij Muriël hoorde zingen bij hun eerste a capella zangrepetitie, en Liefde probeerde dat oordeel nog wel een beetje te verzachten, maar Klank hield voet bij stuk en legde uit dat het wat hem betreft geen oordeel was maar gewoon een feit. Het was zoiets als blindheid of dyslexie, zei hij, een aangeboren afwijking, een ontbrekende verbinding in de hersenen – Klank kende de oorzaak ook niet precies maar het gebrek was onmiskenbaar. En hoe vriendelijk en geduldig Melodie het ook bleef uitleggen, voorzingen, uitleggen en nog eens voorzingen, en hoe trouw Muriël ook oefende, niet alleen tijdens de repetities maar ook op alle andere vrije momenten, als ze de keuken schoonmaakte of in de tuin onkruid zat te wieden, echt zuiver wilde het niet worden, en Melodie kon in haar frustratie daarover behoorlijk uit haar slof schieten. Ook voor Petrus was het moeilijk zijn geduld te bewaren; hij had de juiste toon meestal meteen te pakken en als alles dan voor de zoveelste keer herhaald moest worden om Muriël erbij te houden, werd het hem soms echt te veel.

Dan vluchtte hij naar buiten, naar de tuin om af te koelen, of hij liep stampend naar boven, en dan ging Melodie achter hem aan om het koortje weer compleet te krijgen. Liefde is niet iemand die snel iets negatiefs zegt over mensen, maar door de manier waarop Klank haar hoorde zuchten begreep hij dat ze het er echt niet makkelijk mee had, met al die wrijving en ruzies, en om haar een beetje te troosten zong Klank dan vaak een liefdesliedje voor haar.

Na een paar maanden tobben met de zang was Melodie begonnen met instrumentale repetities. Ze had vier luiten en vier viola da gamba's aangeschaft, die ze de andere drie ging leren bespelen. Zo konden ze zich nog beter op elkaar en zichzelf leren afstemmen, zei ze. De snaren van de luit wiebelden onder Petrus' bezwete vingers, het lukte hem niet, hij wilde het ding van zich af gooien. Melodie zei: 'Adem erdoorheen. Adem door de weerstand heen.' En soms ademde hij dan door de weerstand heen, maar vaak hield hij het uiteindelijk toch niet vol en dan smeet hij zijn luit op de bank en stampte de kamer uit.

'Geeft niet,' zei Melodie dan tegen de andere twee, die haar van achter hun luit schaapachtig aankeken. 'Hier moet hij gewoon even doorheen. Hij heeft nooit geleerd om op een volwassen manier met falen om te gaan. Komt vanzelf. Laten we maar weer even beginnen bij maat één.'

Onvermoeibaar bleef ze haar huisgenoten muziekles geven, en gesprekken voeren over gevoelens, want dat was ook een belangrijke activiteit in het leven van de groep. Niets wat je voelde was ooit verkeerd, volgens Melodie. Gevoelens waren altijd goed en leerzaam, ook als er werd geschreeuwd of gehuild of met deuren geslagen, want door je emoties te voelen en te delen kwam je pas tot werkelijk contact, en zo bracht elke ruzie ze een stapje dichter bij elkaar. Waarbij het volgens haar voor veel veiligheid zorgde dat ze allemaal onvoorwaardelijk voor elkaar en voor de groep hadden gekozen. 'Want daardoor weet je altijd dat je er samen in zit, en dat je er samen uit gaat komen.'

En dat laatste geldt net zo goed voor ons, want in al die jaren hebben wij tweeën ons samen toch ook door heel wat moeilijkheden heen geslagen. Als Klank er even doorheen zat omdat Melodie per se alleen maar renaissancemuziek wilde spelen, ook nog eens slecht uitgevoerd, zonder duidelijk ritme, met allemaal lange, aangehouden noten, was Liefde er met haar troostende armen. En andersom was Klank er ook voor Liefde, als die weer met lede ogen had moeten aanzien hoe Melodie de anderen bij elkaar riep omdat het haar goed leek allemaal hun gevoelens te benoemen, terwijl er overduidelijk twee waren die daar helemaal geen zin in hadden, waarop Petrus benoemde dat hij beklemming en dwang voelde, en Melodie antwoordde dat zij daar een heel gekwetst gevoel van kreeg en aan Petrus vroeg wat dat met hem deed, waarna Petrus totaal met zichzelf in de knoop raakte, omdat hij aan de ene kant niet over zijn gevoel wilde praten, alleen maar omdat dat moest van Melodie, maar aan de andere kant inmiddels bijna overkookte van woede, en dus verschrikkelijk hard moest werken om zijn gevoel in zichzelf te houden en zwijgend in zijn glaasje kruidenthee te blijven staren, helemaal toen Melodie vervolgens vroeg wat Muriël eigenlijk voelde bij het gedrag van Petrus, en Muriël antwoordde dat ze ook best verdrietig werd van Petrus' geslotenheid, zodat Petrus, nadat Melodie hem had gevraagd hoe het voor hem voelde dat hij dat gevoel bij Muriël teweegbracht, zich genoodzaakt zag het glaasje thee tegen de muur kapot te gooien. Als Liefde even klaar was met dergelijke interacties, stond Klank altijd klaar om haar af te leiden met een vrolijke musicalklassieker of een vergeten hitje uit de jaren vijftig, of gewoon wat troostende geluidjes.

En wat Liefde wel nog wil toevoegen, voordat er een heel negatief beeld van Melodie ontstaat, is dat haar doorzettingsvermogen echt valt te prijzen. Op haar eigen, misschien niet altijd even effectieve, maar toch heel toegewijde manier, is ze altijd trouw gebleven aan ons. Ondanks Muriëls amuzikaliteit, ondanks Petrus' woedeaanvallen, ondanks Elisabeths zwijgzaamheid. En veel is ook wel gelukt: het is haar gelukt om de andere drie, weliswaar nooit helemaal loepzuiver maar aardig in de buurt, meerstemmig te leren zingen, en luit te spelen, en viola da gamba. Simpele stukjes, maar toch. Ze heeft haar ambities bijgesteld; de groep, zo onvolmaakt als hij was, op een podium durven zetten. Zelfs het geld verdienen met muziek is haar gelukt, min of meer, in het begin, toen ze met hulp van Muriël, die goed was met formulieren, subsidie had aangevraagd en gekregen om met de groep muziek te maken op basisscholen. Dat had Klank niet voor mogelijk gehouden na die eerste repetitie. En ook Liefde kwam soms heus wel aan haar trekken, als Melodie en de anderen op zomeravonden in de tuin zaten om even uit te rusten van alle repetities en gesprekken, als er even ruimte kwam, dan kon Liefde echt wel voelen dat ze door alle verwarring heen van elkaar waren gaan houden, en dat mag toch best iets bijzonders worden genoemd. Al is het wel jammer dat het uiteindelijk zo uit de hand is gelopen. Dat wij uit balans zijn geraakt. Daar heeft Liefde zich toch op verkeken, op het belang van Klank, want stiekem had Liefde gedacht dat haar universele kracht genoeg zou zijn om de wereld draaiende te houden. Klank zag dat anders; die vond altijd al dat Liefde vrij abstract was. Niet dat hij haar niet belangrijk vond, of dat hij het niet prachtig vond klinken, zo'n universeel principe, maar zoiets helpt niet echt om concrete keuzes te maken, om te kiezen wat je de hele dag gaat doen, dacht Klank. En mensen moeten toch iets te doen hebben, zei hij. Hoe mooi jij ook bent, Liefde, van jou kan je niet leven.

En schoorvoetend heeft Liefde Klank gelijk moeten geven. Want toen de optredens een beetje minder werden, toen de crisis uitbrak, toen er geen nieuwe subsidie kwam voor het basisscholenproject en ze met zijn vieren op Elisabeths bijstandsuitkering waren aangewezen, toen begon de leegte te knagen. De klad kwam in de repetities. Ze zongen nog steeds elke dag, maar het werd allemaal wat minder frequent, wat minder gericht. Er zat geen urgentie meer achter. En ergens in die periode zijn ze zich geleidelijk aan steeds meer met eten gaan bezighouden. In naam van de Liefde, zogenaamd, maar denk maar niet dat ze Liefde ook maar iets hebben gevraagd, dat kan Klank volmondig beamen. En dat is achteraf gezien wel het begin van het einde geweest, denken wij. In elk geval het einde van Elisabeth. Als ze gewoon naar Klank waren blijven luisteren, dan was het allemaal niet zo de verkeerde kant opgegaan, zegt Klank vaak hoofdschuddend tegen Liefde. Dan was het leven van Elisabeth misschien niet in een voortijdig slotakkoord geëindigd. En Liefde knikt, een beetje bewonderend, al zou ze dat nooit hardop zeggen, want ze weet dat hij niet tegen complimenten kan, maar vanbinnen gloeit ze stiekem op als ze hem zo wijs hoort praten, en ze denkt bij zichzelf: wat zegt hij dat toch weer treffend, die lieve Klank. Ik had het zelf niet mooier kunnen laten klinken.

9

Wij zijn de ouders. De vader eigenlijk, de vader van Elisabeth en Melodie, maar hun moeder heeft er vast geen bezwaar tegen dat ik namens ons beiden spreek. Rechtop tegen het kussen geleund zit ik aan mijn kant van ons echtelijk bed te wachten tot het tweede cijfer van de digitale wekker op het nachtkastje verspringt van vijf naar zes, waarna ik het mezelf eindelijk kan toestaan om uit bed te gaan. Zo luidde altijd onze afspraak, omdat Hansje graag wat langer sliep, en ook al slaapt zij nu in een ander bed, in een ander huis, waar mensen zijn die voor haar kunnen zorgen, toch wil ik die afspraak met haar niet zomaar schenden nu ze weg is, alsof ze al helemaal zou hebben afgedaan. En daarbij, wat zou ik moeten, zo vroeg op de been? De krant is er nog niet, het is te vroeg om te ontbijten. Het liefst viel ik nog even in slaap, maar dat zal wel niet meer lukken, zeker niet met deze temperatuur. Zelfs met de ramen tegen elkaar open is het hier nauwelijks afgekoeld vannacht.

'Nu mam weg is zou je best kunnen overwegen om beneden te gaan slapen,' had Johan na haar verhuizing gezegd. 'Hoef je ook niet elke keer die trap op en af.'

Een aanlokkelijke gedachte, maar dat zou pas echt verraad aan Hansje zijn, om zodra ze weg was ons hele huis opnieuw in te richten naar mijn eigen voorkeuren en wensen. En daarbij wil ik me niet gewonnen geven aan de ouderdom voordat de strijd gestreden is. Zolang ik de trap op en af kan, ga ik die trap gewoon op en af.

Maar voorlopig zit ik nog in bed, tussen de bezwete lakens, pogend om mijn gedachten over de zaak tot rust te brengen. Het nieuws dat Elisabeth is overleden, en Melodie gearresteerd, heeft me duizelig gemaakt. Niet verdrietig, niet boos, alleen maar duizelig. Een belangrijk oriëntatiepunt is weggevaagd. De zekerheid dat onze kinderen, hoe anders ook geworden dan wij hadden gehoopt, in ieder geval in staat waren om voor zichzelf te zorgen, en waar nodig voor elkaar.

Gelukkig hebben de andere drie ons wat dat betreft nooit teleurgesteld. Vooral Johan niet. Johan is altijd een rots in de branding geweest, voor iedereen om hem heen. Ik zou niet weten wat we zonder hem moesten. Zodra Melodie had opgehangen – ze kon niet lang praten, de politie was bij haar en ze mocht alleen de belangrijkste feiten over haar arrestatie doorgeven – heb ik hem gebeld. Midden in de nacht was het, maar hij nam meteen op. Zo'n betrouwbare, goede jongen is het.

'Wat verdrietig, pap. Heel verdrietig. Dit heb jij niet verdiend. Dit hebben wij niet verdiend.' Hij zweeg even. 'Jij zit je vast al zorgen te maken over hoe het straks moet met de uitvaart. Dat gaan we allemaal uitzoeken. Maar morgen, pap. Dat doen we morgen. Denk je dat je kan slapen alleen of moet ik naar je toe komen?'

'Nou, dat hoeft niet hoor, jongen. Dat is weer zo'n reis voor jou. En dan ben je morgen weer een halve werkdag kwijt.'

'Dat geeft niet, ik heb morgen geen afspraken en toevallig is mijn preek voor zondag al zo goed als af.'

'O goed, nou, dat is fijn. Maar weet je zeker – '

'Ja, ik weet het zeker. Ik kom naar je toe.'

Zo'n zoon, zo'n zorgzame zoon, zo toegewijd, aan zijn werk maar ook aan ons, dat zouden we iedereen gunnen.

Binnen een half uur was hij er, en de volgende dag hebben we samen uitgezocht hoe het met de uitvaart zat, of Johan vooral, via een paar telefoontjes met een vriend die hij nog kent van zijn dispuut, een hoge pief in de strafrechtadvocatuur, en een andere vriend die in het civielrecht zit. De juridische details zijn me alweer ontschoten, maar veel hing af van de vraag of Melodie zou vrijkomen voordat het lichaam van Elisabeth werd vrijgegeven, want in dat geval moesten we zorgen dat we eerder dan Melodie het verlof om te begraven zouden krijgen, maar als Melodie langer zou worden vastgehouden, zouden we zonder gedoe met haar de nodige instanties kunnen benaderen om de begrafenis te regelen, die Melodie dan niet zou kunnen bijwonen, wat voor haar natuurlijk erg pijnlijk zou zijn, maar met deze voorgeschiedenis misschien wel het beste voor alle partijen.

Als ouders hebben wij op veel manieren de schuld gekregen van de problemen van Elisabeth en Melodie. De verkeerde dingen die wij volgens Melodie hebben gedaan, en de goede dingen die we hebben nagelaten, ik zou er een boek over kunnen schrijven. Maar ik voel er weinig voor om de details van ons vroegere gezinsleven met anderen te delen. Niet nodig ook. Laat dat maar aan Melodie over. Het zou me niets verbazen als ze ons de schuld van Elisabeths dood ook nog in de schoenen zou weten te schuiven. Er is weinig meer wat me verbaast, aangaande Melodie.

Maar Melodie is nog in leven. Elisabeth is dood. Vreemd, hoeveel je van je kinderen kunt vergeten. Vraag me naar de eerste stapjes van Elisabeth, het eerste woordje dat ze sprak; ik zou het niet weten. Elisabeth was Elisabeth. Rustig, verantwoordelijk, intelligent. Na Johannes, Johan, was zij ons eerste meisje. Maar wat voor meisje precies, dat weet ik niet meer. Zelfs Elisabeths gezicht, op de foto van ons gezin die tot de verhuizing van Hansje altijd op haar nachtkastje heeft gestaan, kan ik me maar moeilijk voor de geest halen. Terwijl ik Melodie zo zou kunnen uittekenen, met die rechte pony die ze toen had en haar strenge blik in de camera.

Wij hebben nooit lievelingetjes gehad, ieder van onze kinderen was ons even lief, maar het ene kind trekt soms wel meer aandacht dan het andere. En Melodie, ons derde kind, de middelste van de vijf, had onze aandacht, vanaf het begin. Ze was niet de slimste van de kinderen, dat zeker niet, maar ze had iets waardoor het leek alsof ze de dingen op een andere, meer volwassen manier begreep. Heel jong had ze dat al, nog voordat ze kon praten. Dan zat ze in de kinderstoel met vla over haar hele gezicht gesmeerd en dan keek ze ons aan alsof ze elk moment een vraag kon stellen over het bestaan van God, of de betekenis van de erfzonde. En zij was de enige die reageerde op de platen die we draaiden als we 's zondags uit de kerk kwamen. De enige die werkelijk gevoel had voor de schoonheid van Bach, Mahler, Sibelius en al onze andere favorieten. Die aandachtig luisterde naar de namen van de instrumenten die te horen waren. Viool, hobo, cello, dwarsfluit, cello, cello.

'Sejo. Sejo.'

'Wat zei je, zei je cello?'

'Sejo.'

'Cello, ze zegt cello!'

'Sejo.'

Dat was haar eerste woordje. Cello. Eerlijk waar. Daarna kwamen papa en mama pas.

Een opvallend kind was ze. En geboren voor de muziek. Niet vanwege haar naam, al mocht haar moeder dat graag geloven. Zelf had ik liever een andere, klassiekere naam gekozen. Clara bijvoorbeeld, of Alma. Maar haar moeder stond erop dat ze Melodie zou heten. Ze had soms niet de beste smaak, Hansje, ze was heel beïnvloedbaar. Haar nicht uit Canada had haar dochter Melody genoemd en toen Hansje dat las in een van haar brieven, wilde zij ons derde kind, als het een meisje zou worden, per se Melodie noemen, en ze liet zich niet meer op andere gedachten brengen.

'Ik ben haar moeder,' zei ze, 'en jij hebt de namen van Johan en Elisabeth al gekozen.' Wat niet klopte, want die hadden we gewoon vernoemd naar hun grootvader van vaderskant en hun grootmoeder van moederskant, zoals het hoorde.

'Wie heeft dat kind de afgelopen drieëntwintig weken moeten dragen? Wie zal het de komende paar maanden nog moeten dragen? En wie zal het straks moeten baren? En voeden? Jij toch niet?'

Het waren de invloeden van buiten waardoor ze zo ging praten. Haar nicht uit Canada, die hier in Nederland de kweekschool had gedaan en nu op een afgelegen boerderij haar eenzaamheid zat te verdrijven door vrouwentijdschriften te lezen en opruiende brieven aan Hansje te schrijven over vrouwenrechten en het gevaar van onze moderne landbouwmethoden. Dat laatste had die nicht uit een boek dat *Dode lente* heette, volgens haar een van de belangrijkste boeken die recent waren verschenen, en Hansje had het direct gekocht, gewoon van haar huishoudgeld, zonder te overleggen. Een treurigmakend boek, vol ongefundeerde beweringen over de zogenaamde schadelijke effecten van de technieken die zo belangrijk waren geweest voor de wederopbouw van ons land. Maar Hansje had het voor zoete koek geslikt en zelfs de tekst van de voorkant overgeschreven om boven het bedje van Melodie te hangen. 'Vol liefde buigt de mens zich over de wieg van zijn kind... en laat tegelijk toe dat zijn voedsel wordt vergiftigd. Hoelang nog?'

Allerlei ideeën kreeg ze, Hansje, dat was niet altijd makkelijk, ook in de opvoeding niet. Ze was hun moeder, dus ik wilde haar niet afvallen. Maar zij viel mij wel af. Als ik vroeg waarom Maarten voor wiskunde een zes had gehaald en geen acht, zei zij dat een zes goed genoeg was. Als ik Melodie aanspoorde haar toonladders zorgvuldiger te spelen, vond zij het gevoel belangrijker dan de juiste noten. Op de vraag waarom ze mijn overhemden ongestreken in de kast had gehangen, zei ze dat ze druk was geweest met een onderzoek naar de schadelijke toevoegingen aan wasmiddelen, en dat hier en daar een kreukje misschien ook wel iets vrolijks had. En ze probeerde onze kinderen van alles wijs te maken over de vernietiging van de natuur door de industrie. Dus in het belang van hun opvoeding voelde ik me soms verplicht om tegenwicht te bieden. Dan maakte ik er maar een grapje van, om op een luchtige manier duidelijk te maken wie er gelijk had. Woest kon ze dan worden, werkelijk woest, vooral als de kinderen plezier om haar hadden.

'Ik laat me niet zomaar wegcijferen,' riep ze dan. 'Ik ben geen nul.'

'Ach, een nul is best een mooi getal,' antwoordde ik, met een knipoog naar de kinderen. 'Als je een riempje om doet en je trekt hem strak aan ben je zo weer een acht.'

En dan lagen de kinderen weer onder de tafel van het lachen. Alleen Elisabeth leek meer geïnteresseerd in haar eten, en Melodie keek van mij naar Hansje en terug, en vroeg of ze van tafel mocht om te studeren.

Hansje. God hebbe haar ziel. Al is ze natuurlijk nog niet dood. Maar ver heen is ze al wel. Van haar vroegere eigengereidheid is weinig over. Zo makkelijk als ze ermee instemde om naar een verpleeghuis te verhuizen. 'Als dat voor iedereen het beste is, dan is dat voor iedereen het beste,' had ze gezegd toen ik het haar had uitgelegd, en hoewel ze erg verdrietig was toen we die eerste avond afscheid namen, is ze verder heel coöperatief geweest.

Had ze dat vroeger maar wat meer gehad. Had ze maar wat meer geluisterd als ik zei dat we de kinderen niet moesten verwennen. Dat we Melodie geen schouderklopjes moesten geven als ze die niet verdiende. Had ze maar begrepen dat talenten niet tot volle bloei kunnen komen als kinderen alleen maar knuffels en complimenten krijgen. Dan was het vaderschap een heel stuk makkelijker geweest. Dan had ik niet als enige de verantwoordelijkheid hoeven dragen om onze kinderen voor te bereiden op de toekomst. Om prestaties te belonen, maar ook om wanprestaties te signaleren en het kind met zachte maar resolute hand weer de juiste kant op te dirigeren. Om te zorgen dat ze allemaal hun huiswerk maakten, en Melodie daarbovenop voldoende cello studeerde. Dat is niet altijd makkelijk geweest, steeds de strenge ouder te moeten zijn.

Soms vraag ik me weleens af hoe het zou zijn geweest als ik een andere vrouw had gekozen. Een nuchterder, steviger type. Als Melodie en Elisabeth een ander soort moeder hadden gehad, die interesse toonde in de wederwaardigheden van hun vader. Die echt nieuwsgierig was naar mijn werk, de vraagstukken die me bezighielden, de problemen en de overwinningen. Een vrouw zoals Mary-Lou van het gemeentelijk bureau. Die dingen wilde weten, die met me meeleefde. Die het belang van het werkende leven begreep.

Dan zouden die twee misschien wel nooit zo ver zijn afgedreven. Dan zouden ze beter hebben geleerd hun mannetje te staan. Maar Melodie denkt daar zelf anders over, ook namens Elisabeth. Volgens haar heeft het allemaal aan mij gelegen. Ben ik niet lief genoeg geweest voor hun moeder. Waren mijn grapjes over haar afwijkende wereldbeeld niet grappig maar gemeen. Ben ik te streng geweest voor onze kinderen. Heb ik onze zonen altijd serieuzer genomen dan onze dochters. Wat niet klopt, wat absoluut niet klopt. Als ik iemand serieus heb genomen, als ik iemand tijd en aandacht heb gegeven, dan was het wel Melodie.

Het is verdrietig, hoe ze zich van ons heeft weggemanoeuvreerd. En hoe ze Elisabeth daarin heeft meegenomen. De laatste keer dat ik haar stem hoorde, die van Elisabeth, heb ik zonder iets te zeggen opgehangen. Niet omdat ik niet met haar wilde praten, maar omdat ik niet geloofde dat het Elisabeth was die sprak. Het was wel haar stem, maar de woorden en zinnen waren haar volledig vreemd. Dit was een marionet, een zielloos wezen dat opzegde, misschien wel voorlas, wat iemand anders haar had ingefluisterd: dat ze in haar jeugd geen werkelijk contact met ons had kunnen maken en dat ze dat heel jammer vond, maar dat ik dit nu goed kon maken door haar en haar huisgenoten toe te staan meer tijd met hun moeder in het verpleeghuis door te brengen. Het waren niet de woorden van Elisabeth, maar die van Melodie.

Johan zegt ook dat ik geen spijt hoef te hebben dat ik die avond weigerde om via Elisabeth met Melodie te praten. 'Zo'n gesprek was vruchteloos geweest, pap. Daar was alleen maar meer ellende van gekomen, dat heb je heel goed ingeschat. Jij hebt gedaan wat je kon. Het is heel verdrietig wat er is gebeurd. Heel verdrietig, voor ons allemaal. Ook voor Melodie, maar zij moet ook leren dat haar gedrag consequenties heeft. Dus denk maar even goed na over wat je wilt met die uitvaart. Als je wil kan Bert ons gratis adviseren, in het geval dat Melodie over twee dagen weer naar huis mag. Het belangrijkste is dat jij goed afscheid kan nemen van je dochter. Jij bent haar vader.'

Spijtig dat het zo moet gaan. Dat we mogelijk met onze ene dochter om het lichaam van de andere zullen moeten strijden. En dat Elisabeth voor altijd weg is. Had ik maar beter opgelet. Haar eerste stapjes, haar eerste woordjes, haar eerste schoolrapport. Ik zou zo graag een mooie herinnering aan haar willen herbeleven. Maar er komt niets, en op de wekker is de vijf nog altijd niet veranderd in een zes.

10

Wij zijn een vlinder. Een prachtige, pasgeboren vlinder die woont in het hoofd van Muriël. Minimaal eens per dag, maar meestal vaker, kruipen wij uit onze cocon naar buiten en vouwen onze vleugels open in het zonlicht, waarbij onze vleugeltekening indrukwekkend afsteekt tegen een blauw-gele ochtendlucht. Net als een dagpauwoog hebben wij op elk van onze vleugels een ronde vlek die doet denken aan een pauwenverenoog, maar anders dan bij een dagpauwoog hebben onze vlekken exact dezelfde kleuren als die van een pauwenveer – in het midden donkerblauw met daaromheen een lichtblauwe rand, dan een bredere band in glanzend bruin en als laatste een kring van groen. En om de vlekken heen zijn onze vleugels fuchsiaroze. Als u een kenner bent van vlinders weet u dat een dergelijke tekening in werkelijkheid niet bestaat, maar wij zijn dan ook geen echte vlinder; wij zijn een product van Muriëls geest. Nadat we tevoorschijn zijn gekropen laat ze ons meestal een heel tijdje doodstil in het zonlicht zitten, zodat ze in alle rust onze vleugels kan bewonderen voor ze ons laat opvliegen van het blad waarop we zitten, de met bomen overdekte horizon tegemoet.

Zo ook op deze ochtend. Muriël zit met haar ogen dicht op haar knieën voor een boterham met hagelslag en vraagt zich af of ze hem op moet eten. In een ogenblik van zwakte heeft ze de boterham uit het plastic gehaald en hem bestrooid met de hagelslag, die al lekker zacht begint te worden in de warmte, maar ze is er heilig van overtuigd dat het beter zou zijn hem te laten liggen en straks weer tegen de arrestantenbewaarder te zeggen dat ze hem toch niet hoeft, en daarom heeft ze haar ogen gesloten en kijkt ze binnen in haar hoofd naar ons, naar hoe we onze vleugels laten strelen door het zonlicht en daarna in slow motion wegvliegen. Wij moeten haar inspireren om zich te beheersen, zich aan haar voornemen te houden om leeg en licht te blijven.

De eerste keer dat Muriël ons voor zich zag, zat ze in de huiskamer van Melodie, in het huis waar ze later zelf zou gaan wonen, met haar benen onder zich getrokken in een lichtgele leunstoel, terwijl Melodie tegenover haar zat op de rode bank.

'Ik ga in deze sessies vooral jou helpen om bij je volle potentieel te komen,' zei Melodie. 'Dat is het hoofddoel van de therapie. En wat ik zelf gemerkt heb, wat erg kan helpen, is om te werken met een beeld. Iets wat kan inspireren. Wat als het ware laat zien waar jij naartoe zou willen in je leven. Hoe dat beeld eruitziet mag jij helemaal zelf bepalen, maar vanuit mijn eigen ervaring raad ik je wel aan om iets te kiezen uit de natuur. Bijvoorbeeld een bloem of een vlinder. Want natuurlijke dingen zijn voor de meeste mensen makkelijker om op een dieper niveau contact mee te maken.'

Muriël knikte. 'Oké, ja. Een beeld. Moet ik dat dan nu kiezen?'

'Nee, wacht even. We gaan het beeld op laten komen. Je hoeft niet zelf te kiezen, je kunt je gewoon openstellen. Kijken wat er komt, of het een bloem is, een boom, een vlinder of iets heel anders. Alles kan. Het is jouw beeld. Dus als je wilt kan je nu je ogen dichtdoen.' Ze wachtte even. 'Goed, ja. En dan een paar keer rustig in- en uitademen. En met elke uitademing mag je wat spanning loslaten. Wat ruis. Wat lawaai. Wat drukte. En met elke inademing mag je wat licht inademen. Wat lucht. Wat liefde voor jezelf.'

'Een paar keer in- en uitademen. Oké,' zei Muriël. 'Bedoel je dan twee keer of drie keer? Of meer?'

'Drie, vier, vijf, het gaat niet om getallen. Het gaat erom wat jij vanbinnen voelt en ervaart. Het gaat erom jezelf leeg genoeg te maken om je te kunnen verbinden met datgene wat jouw potentieel het duidelijkst zichtbaar maakt.'

Muriël knikte en besloot dat vanaf nu nog vijf keer in- en uitademen dan het beste was; hoe meer uitademingen hoe leger, dacht ze, en hoe leger hoe beter, maar ze was pas bij haar derde inademing toen Melodie alweer begon te praten.

'Goed,' zei ze, 'en nu je zo een beetje meer ontspannen en aanwezig bent, denk dan eens aan jouw hogere potentieel. Voel hoe jouw hogere potentieel aan zou kunnen voelen. En kijk wat voor beeld er bij je opkomt. Wat zou je het allerliefste willen? En hoe ziet dat eruit?'

En dat was het moment waarop wij geboren werden, een geheel onrealistische vlinder die uit zijn cocon kroop, met zijn vleugels pronkte in de zon en wegvloog. Ja, dacht Muriël, mijn vleugels openvouwen en wegvliegen, dat is wat ik wil. Ik wil wegvliegen. Ze voelde een aangename warmte in haar onderbuik en glimlachte, terwijl ze ons een paar keer achter elkaar uit onze cocon liet kruipen en weg liet vliegen.

'Heb je een beeld gevonden?' vroeg Melodie.

'Ja,' zei Muriël.

'Fijn.' Melodie ademde een paar keer langzaam en nadrukkelijk in en uit. 'Heel fijn, Muriël. Als je wilt mag je met me delen wat je ziet. Maar je mag het ook voor jezelf houden. Wat jij het liefste wilt.'

'Hm, hm,' zei Muriël, helemaal opgaand in de kleurenpracht van onze vleugels, en het warme geel van de opkomende zon die we tegemoet vlogen.

'Het voordeel is wel, als je het deelt, dan kunnen we het gebruiken bij de therapie. Dan kan het ons samen richting geven. Als een soort stip aan de horizon.'

En met die laatste zin werden wij voor Muriëls geestesoog verdreven door een knipperende rode stip, en ze deed haar ogen open en beschreef zo precies mogelijk hoe wij eruitzagen.

'Wow, Muriël. Wat bijzonder. Dat is een heel mooi beeld om naartoe te gaan werken samen. Dat kan echt inspireren. En heb je zelf een idee wat jou nu in de weg staat om jouw mooie kleurige vleugels open te vouwen en weg te vliegen?'

Muriël stroomde over van de ideeën over wat haar in de weg stond, en Melodie was vol vertrouwen dat ze haar zou kunnen helpen om die barrières uit de weg te ruimen, maar nu achteraf kunnen we wel zeggen dat ze in de jaren daarna niet naar ons toe bewogen is, maar van ons af; dat ze niet meer maar minder kleur en schoonheid heeft gekregen, minder warmte, minder kracht. Dat ze als een mot op een hete lamp is afgevlogen, in plaats van als een vlinder naar de opkomende zon.

Terwijl we zo ons best hebben gedaan. We zijn zo duidelijk geweest als we konden. We hebben geprobeerd het haar te tonen in de manier waarop we uit onze cocon kropen en opvlogen, weg, naar de vrijheid. Kijk dan, hebben we gezegd, kijk dan Muriël, zo ziet vrijheid eruit. Maar we konden haar niet laten zien hoe we daar gekomen waren, want over wat voorafging aan onze geboorte als vlinder dacht Muriël niet na; over wat wij als klein verzonnen rupsje nodig hadden gehad om groot genoeg te worden om ons rustig in te kunnen spinnen, vleugels te kweken en te wachten tot ze klaar waren om open te vouwen.

Voedsel heb je nodig om te kunnen vliegen, Muriël! Een boterham bijvoorbeeld, met hagelslag. Maar Muriël ziet dat anders.

Melodie had die eerste dag meteen al tegen haar gezegd dat ze het beeld van haar volledige potentieel vooral niet te letterlijk moest nemen, dat ze vrij was om te interpreteren wat het voor haarzelf betekende. En het overdrachtelijke rupsje-nooit-genoeg in haar was niet op zoek naar voedsel voor haar lichaam maar naar voedsel voor haar geest, voedsel dat ze van Melodie in keurige voorgekookte porties kreeg opgediend.

'Jij bent heel gevoelig, Muriël, maar die kant van jou is eigenlijk niet echt ontwikkeld. Je bent waarschijnlijk heel verstandelijk opgevoed, klopt dat?'

Dat klopte, als Muriël erover nadacht, en vol enthousiasme vertelde ze aan haar vriendinnen die ze nog kende van de HEAO dat Melodie gezegd had dat ze eigenlijk heel gevoelig was, en de vriendinnen luisterden en knikten en zeiden op de juiste momenten 'hm' en 'ja' en 'dat kan ik me voorstellen' en daarna vroegen ze naar haar vakantieplannen, en toen Muriël haar teleurstelling over hun reactie deelde in een volgende sessie met Melodie, legde die haar uit dat heel gevoelige mensen vaak stuiten op onbegrip, omdat anderen die gevoeligheid nu eenmaal nooit hebben ervaren en ze zich daarom moeilijk kunnen voorstellen hoe het is om zoveel te moeten voelen de hele tijd, ook omdat de meeste mensen geneigd zijn zichzelf continu te verdoven met een overdaad aan prikkels, wat je hun ook moeilijk kwalijk kon nemen, maar waardoor Muriël zich wel kon afvragen hoe voedend het contact met zulke mensen voor haarzelf eigenlijk was, en de volgende keer dat Muriël haar vriendinnen zag, kwam ze tot de conclusie dat het contact helemaal niet voedend was. Dit geeft mij geen vleugels, dacht ze, en die gedachte kwam steeds vaker in haar op – als ze met haar collega's van het belastingadvieskantoor een wandelingetje maakte in de lunchpauze, tijdens een groepswandelvakantie met leeftijdgenoten, of als ze thuis op de bank televisie zat te kijken. Dit voedt mij niet, dacht ze dan, dit is eigenlijk heel leeg. En ze kreeg er steeds meer afkeer van.

'Wat geeft jou vleugels? Dat moet je jezelf afvragen,' had Melodie gezegd. En elke keer bracht het antwoord op die vraag haar dichter bij Melodie en verder van de rest van de wereld, totdat Muriël haar eigen huiskamer verruilde voor die van Melodie, waar ze vanaf dat moment samen met Melodie, Petrus en Elisabeth haar hogere potentieel najoeg.

En daar, in die woonkamer, moesten wij een paar jaar later vanuit onze machteloze positie toekijken hoe het idee bij Muriël geïntroduceerd werd dat zelfs voedsel, echt, eetbaar, tastbaar voedsel, niet meer meetelde als voedsel. Het begon met een filmpje dat Melodie gevonden had op internet, waarin een man en een vrouw te zien waren, iets jonger dan Muriël en heel gelukkig met zichzelf, elkaar en hun twee kleine kinderen, die hun geluk te danken hadden, zeiden ze, aan het feit dat ze een paar jaar geleden waren opgehouden met eten. Sindsdien ervoeren ze een veel sterkere verbinding met de universele levenskracht, zodat ze steeds meer vanuit overvloed waren gaan leven, terwijl ze tegelijkertijd minder geld hoefden uit te geven en ze hun ecologische voetafdruk enorm hadden verkleind.

'Is dat niet fantastisch?' zei Melodie toen het filmpje was afgelopen. 'Ik krijg hier een heel goed gevoel bij. Dit zou weleens de volgende stap kunnen zijn om onze idealen te verwezenlijken. Denken jullie ook niet? Stel je eens voor in wat voor wereld we zouden kunnen leven. Stel je eens voor hoe het zou zijn als iedereen de energie uit licht en lucht direct zou kunnen opnemen. Wat zouden we dan in een mooie zuivere wereld kunnen leven.'

Lucht en licht, Muriël. Lucht en licht! Je bent toch wel naar school geweest? Je hebt toch wel leren rekenen? Je weet toch wel dat er natuurwetten bestaan waaraan we allemaal moeten beantwoorden, of we dat nu willen of niet? Dat begrijpt zelfs een niet-bestaande vlinder zoals wij.

En het ergste was, als er iemand was die het begreep, dan was het Muriël. Als er iemand was die kon rekenen, dan was het Muriël. Dus geen wonder dat ze bang werd van het idee om op te houden met eten. Geen wonder dat ze dacht: dat kan toch niet? Mensen verbranden toch energie? Tweeduizend kilocalorieën per dag bij een niet zo actieve levensstijl? Dat staat toch op alle verpakkingen? Dat is toch gewoon zo?

Maar de mensen in het filmpje leefden wel zonder te eten. En ze waren gelukkig. Ze waren veel vrijer geworden, en lichter, sinds ze niet meer aten. Licht genoeg om weg te vliegen, dacht Muriël, en ik ben duidelijk nog niet zover, want mijn geest houdt me tegen met de beperkende gedachte dat ik afhankelijk ben van eten.

Dat is je weldenkende, goed rekenende geest, Muriël! Dat is je verstand, dat wéét dat je niet kunt leven zonder eten!

En hoewel Muriël uit alle macht probeerde haar weldenkende geest eronder te krijgen, gaf die zich gelukkig niet zomaar gewonnen, en bleef hardnekkig bezwaren aandragen tegen het plan van Melodie. Dus gebruikte Muriël haar laptoptijd om stiekem te googelen hoeveel calorieën mensen minimaal nodig hebben om te overleven, en hoelang mensen het op zo'n hongerdieet vol kunnen houden, en toen de groep in voorbereiding op het negendagenproces alvast ging minderen met eten, begon ze ook uit te rekenen hoeveel energie de voedingsmiddelen die ze nog aten bevatten, en hoeveel calorieën ze verbrandde als ze zat, zong, liep, stond of schoonmaakte, en ze dacht na over manieren om die verbranding tot een minimum te beperken, bijvoorbeeld door zo weinig mogelijk na te denken, want hersens hebben veel suiker nodig, had ze gelezen, en ze ontwikkelde een strategie om minder te denken en zichzelf tegelijkertijd af te leiden van de honger, door zo langzaam en bewust mogelijk terug te tellen van honderd naar nul.

Zo weinig mogelijk denken, Muriël. Wat denk je zelf? Denk je soms dat wij niet denken? Denk je soms dat ons kleine maar fijne zenuwstelsel niet op volle kracht moet draaien om de complexe afstemming tussen lichaam en vleugels en lucht te bereiken die nodig is om te kunnen opstijgen van het blad waarop we zitten? Denk je echt dat je je vleugels zal kunnen openvouwen zonder je hersens te gebruiken?

Zo lichtvleugelig als wij eruit mogen zien, zo zwaar wordt het ons te moede als we Muriël zo'n hele rekensom zien maken, om haar vervolgens tegen zichzelf te horen zeggen dat ze niet zo gehecht moet zijn aan berekeningen; als we haar voor de zoveelste keer aan zichzelf horen vragen waarom ze toch nog altijd zo obsessief met eten bezig moet zijn.

Omdat je honger hebt, Muriël! Omdat je lichaam vraagt om eten. Omdat het alleen maar goed voor je is als je doet waar je al de hele ochtend naar verlangt. Als je ophoudt met terugtellen van honderd naar nul en die boterham met hagelslag gewoon in je mond stopt.

Kennelijk moest ze daarvoor eerst in een politiecel belanden, om te begrijpen dat ze eten nodig heeft, want nu vouwt ze dan eindelijk de behagelslagde boterham dubbel, brengt hem met twee handen naar haar mond en neemt een grote hap uit het midden, en nog een hap, en nog een. De hagelslagjes die ertussenuit vallen verzamelen zich in haar schoot, in de gleuf tussen haar bovenbenen, waar ze direct beginnen te smelten, maar dat deert niet. Eerst eten, Muriël. Voedsel voor je vleugels, brandstof voor je brein. En niet vergeten te kauwen voor je slikt.

11

Wij zijn een cello, een eenzame cello die niet meer klinkt. Door de wanden van de koffer, de kamer, het huis waarin we zitten opgesloten, luisteren we naar de geluiden van buiten, van vogels, honden, mensen en motoren – welk van de vier kunnen wij door al die barrières heen maar moeilijk onderscheiden. Toch spannen we ons in om ze te kunnen horen. Ze vormen ons laatste contactpunt met het leven.

Wij hebben al zo lang geen licht meer gezien, geen mensenhanden meer gevoeld, geen muziek meer voortgebracht, dat we ons soms afvragen of we nog wel bestaan. Na jaren van verwaarlozing lijkt het erop dat Melodie ons definitief heeft afgedankt. Als een versleten paar schoenen. Terwijl wij allesbehalve versleten zijn. Door de eeuwen heen zijn wij alleen maar krachtiger gaan klinken. Dieper, robuuster, voller in de boventonen. Dat was al zo toen Melodie ons kreeg, en in de jaren dat ze ons bespeelde werd onze klank nog rijker, maar desondanks is er een moment gekomen dat ze afstand van ons heeft gedaan, al is ze nooit zover gegaan om ons te verkopen of weg te geven. Maar op een dag heeft ze ons in deze rommelkamer achtergelaten en daarna heeft ze ons nooit meer aangeraakt.

Ze zeggen altijd dat het niet kan, liefde op het eerste gehoor, dat je pas achteraf, als de liefde eenmaal is opgebloeid, de eerste ontmoeting gaat herschrijven als een moment van onmiddellijke herkenning, en wij zijn natuurlijk vrij romantisch aangelegd, maar wij bezweren u dat we het wisten zodra we de winkelbel hoorden rinkelen: daar is ze, onze nieuwe bespeler. Achttien jaar moet ze geweest zijn, of misschien zelfs nog maar zeventien. Onze vorige eigenaar, een man van middelbare leeftijd met te veel geld en te weinig muzikaliteit, die godzijdank uiteindelijk had begrepen dat wij echt te goed waren voor het hobbyisme dat hij tegenover ons tentoonspreidde, had ons enkele dagen eerder terugverkocht aan de vioolbouwer en toevallig lagen we net op de werkbank van de bouwer voor een grondige onderhoudsbeurt, toen Melodie met haar vader en haar celloleraar de winkel binnenkwam.

Wat een geluk, hebben we achteraf vaak gedacht, dat de bouwer ons niet losliet toen hij vanuit de werkplaats de winkel in liep om zijn klanten te woord te staan. Wat een geluk dat hij ons al had schoongemaakt en besnaard; dat we glanzend en klaar om te bespelen in zijn handen lagen.

'Die. Die neem ik,' zei Melodie meteen, en geschrokken van zichzelf keek ze opzij naar de twee mannen naast haar, en vervolgens naar de derde achter de toonbank. 'Eh,' zei ze tegen de vioolbouwer, 'want wij zoeken een nieuwe cello.'

'Een nieuwe cello. Dat komt goed uit. Want als je een tuba zoekt, zou ik je deze niet aanraden,' antwoordde de bouwer, en de drie mannen barstten in lachen uit, waarom begrepen wij niet helemaal, en Melodie zo te zien ook niet, en haar wangen werden rood, maar de mannen werden meteen weer serieus – de bouwer wilde weten naar wat voor kwaliteit ze op zoek waren, waarop de vader van Melodie gewichtig kuchte en zei dat ze een serieuze cello zochten, richting concertkwaliteit, omdat zijn dochter in september naar het

Koninklijk Conservatorium zou gaan, als ze zou worden toegelaten, maar daar ging iedereen wel van uit.

De bouwer knikte goedkeurend. 'Dan zou dit inderdaad weleens een heel geschikt instrument voor haar kunnen zijn,' en hij legde ons in de handen van Melodie.

Zo jong waren die handen, zo jong. Een fractie van onze eigen leeftijd. Maar zodra ze ons vastpakten, voelden we in haar wezen iets wat ouder was dan wij, een kwetsbaarheid, een verlangen, datgene wat in mensen zit waardoor ze ooit cello's zijn gaan bouwen. Deze aarzelende handen, die met hun vingertoppen teder langs de snaren gleden, van onze krul naar onze kam, die ons geconcentreerd tussen haar knieën plaatsten, de stok namen, hem op de a-snaar zetten en afstreken, deze handen voelden alsof ze wisten wat muziek was, wat kunst was, wat schoonheid was. De lucht was geladen met potentie, met chemie tussen deze jonge vrouw en ons, het instrument dat haar was toevertrouwd, een chemie die haar cellospel tot grote hoogten zou kunnen stuwen.

Misschien klinkt dit u allemaal wat verheven in de oren, maar u moet niet vergeten dat wij een kind zijn van de barok, en een belangrijk kind ook nog, misschien wel de belangrijkste schepping uit die periode. Een van de weinige uitvindingen die de eeuwen, weliswaar met wat kleine technische aanpassingen en verbeteringen, maar toch grotendeels ongeschonden heeft doorstaan, waarvan de exemplaren die lang geleden zijn gemaakt vaak beter functioneren dan die van vandaag de dag. Natuurlijk zijn wij niet het enige muziekinstrument dat in die tijd werd uitgevonden; wij willen het bestaan van andere instrumenten niet ontkennen of bagatelliseren, maar zonder onszelf erg op de voorgrond te willen plaatsen, moeten we toch stellen dat wij nu eenmaal het beste instrument zijn. Het is niet voor niets dat cello's behoren tot de duurste instrumenten van de wereld. De cello lijkt het meeste op een mens, zonder er zelf een te zijn. En dat zonder de arrogantie van de viool, die zichzelf zo graag in het middelpunt van het symfonisch universum plaatst dat hij lijkt te vergeten dat er ook nog andere instrumenten zijn op deze aarde. Een cello daarentegen is in staat te soleren en uit te blinken als de componist dat van ons verlangt, maar met net zoveel toewijding geven wij steun en bedding aan onze minder stevig klinkende collega's.

En Melodie begreep ons. Ze speelde met een mengeling van terughoudendheid en overgave, die eerste keer. Je voelde dat ze het wilde, dat ze zich in de muziek wilde verliezen, en tegelijkertijd was er reserve, twijfel, onzekerheid bij het plaatsen van haar vingertoppen en het hanteren van de strijkstok. Een samenspel van angst om verkeerde noten te spelen, bezorgdheid over de dynamiek en een overbewustzijn van de luisterende oren van de drie mannen; haar vader, de celleraar, de bouwer, ieder met hun eigen muzikale voorkeur, en het voor henzelf en anderen volkomen vanzelfsprekende vertrouwen dat die voorkeur klopte en dat zij de aangewezen persoon waren om het spel van wie dan ook te kunnen beoordelen.

Zorgen om niets, want Melodie was niet ter beoordeling die middag; het ging om ons, om de klanken die wij zouden weten voort te brengen in haar handen. Om het niet al te pijnlijk te maken voor haar oude cello, die ze naar de winkel had meegenomen om in te ruilen en die zich stilletjes in zijn koffer lag voor te bereiden op het naderende afscheid, probeerden we discreet op haar aanrakingen te reageren, niet meteen alles te geven en al te enthousiast te resoneren in de boventonen, maar tegelijkertijd warm en helder genoeg te klinken om duidelijk te maken hoe goed we waren. Niet om de oude cello, die zeker ook geschikt zal zijn geweest binnen zijn prijsklasse, de ogen uit te steken, maar om het hart van Melodie te winnen, en de goedkeuring van de mannen die over de aanschaf moesten beslissen.

Melodie was direct verkocht; de mannen hadden iets meer tijd nodig. Ze dwongen haar eerst nog twee goedkopere exemplaren te proberen, want wij waren eigenlijk iets boven het budget, maar de celloleraar oordeelde ten slotte dat wij toch de meeste potentie hadden.

'Hiermee kunnen we de stap naar conservatoriumniveau gaan maken,' zei hij, en tegen haar vader: 'Aan haar spel kun je het verschil misschien niet direct horen, maar het is wel echt een beter instrument. Als dit haar inspireert om beter te gaan spelen, en vooral ook beter naar zichzelf te gaan luisteren, dan zou het zonde zijn om dat voor die extra duizend gulden te laten liggen. En dit kan een instrument voor haar leven worden, ook als ze ooit een professionele praktijk zou beginnen.'

De vader van Melodie knikte langzaam, terwijl hij haar aandachtig in zich opnam. We voelden haar vingers zweterig worden; haar linkerhand klemde zich wat strakker om onze hals. 'Een rib uit mijn lijf,' zei hij. 'Nou, vooruit. Maar dan ga ik er wel van uit dat deze investering zich gaat terugbetalen in jouw studiehouding, jongedame.'

En daarmee werd onze gezamenlijke toekomst bezegeld. Een bewogen toekomst, mogen we wel zeggen. In lief en leed zijn we bij haar geweest, maar als we nu terugdenken herinneren we ons vooral het leed.

Melodie, die door de zenuwen haar auditie bij het Koninklijk Conservatorium in Den Haag verpestte en genoegen moest nemen met een plek in Utrecht. Melodie, die tegen haar klasgenoten zei dat ze speelde voor de muziek en niet voor het succes, maar die zichzelf ondertussen suf studeerde voor een schouderklopje van haar celloleraar. Melodie die zakte voor het eerste jaar, in paniek naar huis vluchtte en met hulp van haar vader bezwaar aantekende tegen het oordeel van de commissie, waarna ze een tweede kans kreeg en alsnog door mocht naar het tweede jaar, waarin ze zich nog suffer studeerde. Melodie die door haar huisgenoten meewarig werd aangekeken omdat ze zo snel ging huilen als ze kritiek kreeg of iemand een hard grapje maakte. Melodie die in iets hogers wilde geloven, iets mooiers, iets beters, en dat in die goddeloze jaren tachtig, toen het universum van de meeste jonge mensen compleet luchtledig was. Melodie die vond dat het er niet om zou moeten gaan de beste te zijn, maar die intussen toch altijd beter wilde zijn dan alle anderen.

Melodie tijdens haar eindexamen. Ze speelde niet slecht, als je wist dat haar handen een uur van tevoren nog zo trilden dat ze amper in staat was haar valiumpillen uit het stripje te drukken. Ze schmierde te veel, dat had ze altijd al gedaan, daarin hebben we haar celloleraren vaak gelijk moeten geven. Ze hield te veel van haar vibrato. Maar de liefde die ze in haar spel legde was echt en daarmee herwon ze zoals altijd onze sympathie, en ook die van de menselijke types in de beoordelingscommissie, degenen die ervoor pleitten haar te laten slagen, terwijl de strengere types haar het examen opnieuw wilden laten doen. En ze hadden een punt, ze was geen groot celliste als het om nuances ging, vooral niet tijdens optredens en examens, als de angst om fouten te maken haar fijne motoriek zo aantastte dat de dynamische veranderingen altijd net iets te grof uitvielen, of te abrupt. En natuurlijk is dat niet de beste basis om professioneel cello te spelen, in ieder geval niet op topniveau, maar toen ze uiteindelijk te horen kreeg dat ze met een zesje was geslaagd, vertrouwden wij er toch nog op dat we een fijne toekomst met haar zouden kunnen hebben, als cello van een gepassioneerde cellolerares.

Het was geen makkelijke tijd, haar studietijd, voor haar evenmin als voor ons. Maar achteraf gezien is het daarna pas echt bergafwaarts gegaan, toen Melodie helemaal geen leraren meer had en ze het alleen met ons moest zien te redden. Om geld te verdienen ging ze inderdaad celloles geven, zoals we hadden verwacht. Maar waarom ze ervoor koos les te gaan geven aan kinderen, begrijpen we nog steeds niet. Omdat kinderen zo onbevangen zijn, hoorden we haar eens tegen iemand zeggen, maar ze was totaal niet opgewassen tegen de grilligheid van het onbevangen kinderbrein. Ze luisterden niet naar haar, en als ze luisterden begrepen ze haar niet, en ze studeerden niet, ze gingen niet vooruit, en als de moeders en vaders hun bloedjes kwamen ophalen, kreeg Melodie er de schuld van dat hun kinderen niets leerden. Wij werden alleen nog maar gebruikt om losse noten en kinderdeuntjes voor te spelen. Haar hart zakte eruit. Ze schmierde niet meer. Ze maakte geen enkel geluid meer op ons dat voelbaar was, of dat iets anders overbracht dan desinteresse gecombineerd met existentiële wanhoop. En liefdesverdriet, want in die periode is haar vriendin, de vrouw met wie ze sinds haar afstuderen samenwoonde, ook nog bij haar weggegaan.

Wij hadden gehoopt, toen Melodie op een dag besloot om thuis te blijven van de muziekschool, dat er betere tijden zouden aanbreken. Dat ze weer ruimte zou krijgen om ons voor haar plezier te bespelen. Dat ze de liefde voor haar vibrato weer zou vinden. Maar in plaats daarvan speelde ze helemaal niet meer. Ze deed nauwelijks nog iets. Ze at en ze sliep. De hele dag waren we bij haar, maar ons aanraken wilde ze niet. Zij lag op de bank onder een deken, wij stonden in onze koffer tegen de muur naast de boekenkast geleund. Had ze ons toen maar één keer uit de koffer gepakt. Had ze het maar geprobeerd, om ons nog één keer te bespelen zoals die allereerste keer. We hadden haar alle troost kunnen bieden die ze nodig had. Maar zij had al afstand van ons genomen. We hoorden haar wel praten aan de telefoon, over een therapie die ze volgde om meer bij haar gevoel te komen. 'Ik voel zo'n afkeer als ik aan die cello denk,' zei ze, 'zo'n afkeer. Al die jaren heb ik mezelf zo in bochten moeten wringen om dat ding te laten klinken zoals het hoorde. Ik ben zo ver af komen te staan van mijn eigen gevoel.' Toen we dat hoorden brak er spontaan een snaar. Wij hebben haar nooit gedwongen zich in wat voor bochten dan ook te wringen, maar toch gaf ze ons de schuld. En vervolgens maakte ze zichzelf wijs dat ze meer geïnteresseerd was in menselijk contact dan in muziek. Dat het beter bij haar paste om anderen te coachen bij het veranderingsproces dat ze zelf had doorgemaakt, dan om het werk van dode componisten te vertolken. Dat ze muziek liever als middel zag dan als doel. En toen heeft ze ons van de woonkamer naar de rommelkamer verplaatst.

Daarna is het jarenlang heel stil geweest. Hoe ze het rooide weten we niet, ze was veel thuis, ze leefde als een geest. Tot die andere mensen op een dag bij haar in huis kwamen wonen. Niet veel later heeft ze een hele reeks renaissance-instrumenten aangeschaft.

Zonde, eeuwig zonde. Dit kon niet anders dan slecht aflopen, dat is nu wel duidelijk. Het huis is helemaal zonder geluid. Melodie is weg, haar huisgenoten ook. De politiemensen die het huis doorzochten zijn vertrokken. Iedereen is weg en ons zijn ze vergeten. Maar nog zijn we niet verloren. Zolang we de buitenwereld nog horen blijven we hopen. Geduld oefenen. Wachten op het eind van deze tijd, als iemand ons weer uit de koffer tilt, onze kapotte snaar vervangt, onze strijkstok harst en spant en onze klankkast tussen haar twee knieën plaatst om ons opnieuw te laten zingen.

12

Wij zijn twee sigaretten. Wij kennen elkaar niet, we zijn niet eens in dezelfde fabriek gemaakt, maar toch zijn we verbonden, zoals alle sigaretten met elkaar verbonden zijn, zodat we het altijd kunnen voelen als er een andere sigaret in onze buurt is, en wij tweeën zijn op dit moment slechts enkele tientallen meters van elkaar verwijderd, en heel toevallig worden we nu ook nog op exact hetzelfde moment aangestoken. Petrus, op het kleine, nog koele binnenplaatsje van het cellencomplex waar hij wordt gelucht, trekt de rook door het filter zijn longen binnen alsof het de eerste keer is dat hij ademhaalt. De verbrandingsproducten van onze zorgvuldig samengestelde mix van ingrediënten vullen zijn longen, en in deze verbrande vorm diffunderen wij via zijn longblaasjes naar zijn bloed, verspreiden ons door zijn hele lijf en dringen zijn brein binnen, waar van alles gaande is.

Sinds hij gisteren na het verhoor zijn eerste sigaret in jaren heeft gerookt, kan hij aan niets anders meer denken dan aan ons. Aan ons en aan Liesbeth, die twee verdiepingen hoger in de volle zon op het dak van het politiebureau staat met haar eigen sigaret – Petrus weet niet dat ze Liesbeth heet, maar wel dat ze een rooklucht om zich heen had hangen, en dat ze hem tijdens het verhoor vol ongeloof had aangekeken bij elk antwoord dat hij gaf.

'Uw huisgenoot ligt onder uw ogen dood te gaan en u denkt niets.'

Die zin blijft rondzingen in zijn hoofd, botst tegen zijn schedelwanden en vermenigvuldigt zich in alle richtingen. En u denkt nietsss-ietsss-ieeetsss...

Nee, denkt hij. Nee. Ik dacht niets. En ik deed niets. Deze keer heb ik echt helemaal niets gedaan. Ik heb niemand geslagen of geduwd. Ik heb niet eens geschreeuwd. En dat zou toch goed moeten zijn, dat ik me beheerste, dat ik rustig bleef, aanwezig in het moment. Maar zelfs als ik niets doe is het dus niet goed. Iedereen is tegen mij.

Vooral die Liesbeth. Die was heel erg tegen hem, op een heel frustrerende manier. Niet boos, maar verbaasd; verbijsterd misschien zelfs. Alsof ze er niet bij kon met haar verstand. En het ergste is dat hij haar geen ongelijk kan geven. Dat het eigenlijk heel logisch klinkt dat je niet niets moet denken als je huisgenoot ligt dood te gaan. Dat je dan niet stil moet zijn, maar juist moet schreeuwen. En hij vraagt zich af of hij niet überhaupt veel eerder en veel vaker had moeten schreeuwen. Of hij niet tegen Melodie had moeten schreeuwen dat dit de oplossing niet was, niet roken, niet drinken, niet eten, niet schreeuwen. De onthouding van alles wat als uitlaatklep kon dienen, behalve dan het zingen, het trage, zoete zingen, waarbij wel energie ontsnapte, maar dan meer zoals lucht uit een lekke band die langzaam sissend leegloopt. Dat is hoe hij zich nu voelt, als een leeggelopen lekke band. En hij steekt ons filter tussen zijn lippen om zich opnieuw vol te zuigen. Een nieuwe dosis nicotine vindt zich een weg naar zijn brein. Zijn bloedvaten vernauwen zich. Adrenaline, dopamine en serotonine komen vrij. Dit is ontspanning. Pure ontspanning, voor slechts dertig cent per sigaret. Net als Petrus vragen wij ons af hoe hij zo lang zonder ons heeft kunnen leven. Hoe hij ooit heeft kunnen denken, zoals hij gisteren nog deed, dat wij niet goed voor hem waren.

'Vertrouw op je gevoel,' hoort hij Melodie zeggen, en Petrus voelt dat het goed is wat hij doet. De innerlijke rust die wij hem brengen is ongeëvenaard. Slechts twee trekjes heeft hij nodig om weer tot zichzelf te komen, na een periode van jaren waarin hij de draad van zijn leven overduidelijk helemaal is kwijtgeraakt. Hoeveel mensen hun verstand niet zouden verliezen als ze ons niet hadden; wij hebben geen exacte aantallen, maar Petrus vormt het onbetwistbare anekdotische bewijs. Als hij gewoon was blijven roken zou hij nooit zijn meegegaan in dat plan om op te houden met eten.

En dan hebben we het nog niet eens over Liesbeth gehad, die op het dak van het politiebureau net haar derde trekje neemt, in de onbewust met Petrus gedeelde wetenschap dat wij hen zullen redden, niet van de dood, niet van ziekte – ze weten best dat er wordt beweerd dat wij juist dodelijke ziektes veroorzaken, maar zo zijn er wel meer dingen die niet gezond zijn op de langere termijn – maar van hun ongemak, hun woede en hun angst. De neerslag die wij achterlaten in hun longen nemen ze graag op de koop toe bij wat wij hun te bieden hebben: een aangenaam moment om eindelijk even helder na te kunnen denken. Terwijl Petrus het 'en u denkt niets' door zijn gedachten hoort galmen, keert Liesbeth het beeld van Petrus tijdens het verhoor om en om in haar hoofd. Zoals hij op het puntje van zijn stoel zat, de schouders hoog opgetrokken, de handen tot vuisten gebald, de blik naar beneden gericht, zwijgend en zwijgend. Als een driftig kind, denkt ze, want sinds haar dochter zonder dat ze het in de gaten had ziek geworden is, ziet ze in iedereen een kind. En net als bij haar eigen kind voelde ze een mengsel van onbegrip en woede, wilde ze hem bij de schouders pakken en hem toeschreeuwen: 'Wat is er nou? Wat is er? Zwijg niet zo. Leg het me uit.'

Gisteravond, na het verhoor, toen ze met haar dochter in de tuin aan tafel zat, had het beeld zich omgedraaid. Kijkend naar haar dochter, die met dezelfde opgetrokken schouders en gebalde vuisten voor haar bord met eten zat, had ze plotseling Petrus zien zitten. Het was tot haar doorgedrongen dat haar wereld net zo ver van die van haar dochter was verwijderd als van de wereld van Petrus Zwarts; dat de redenen waarom Nina zich had teruggetrokken in zichzelf haar bevattingsvermogen te boven gingen, en dat het weinig zin had om meer van haar dochter te verwachten dan van die ondoorgrondelijke verdachte in een nog ondoorgrondelijker zaak.

'Dat is het lastige met kwetsbare verdachten,' had Asif na het verhoor gezegd. 'Wij kennen de achtergronden niet. Dus eigenlijk hebben we geen flauw idee wat er allemaal achter hun angst en verwarring schuilgaat. We kunnen alleen maar waarnemen dat ze bang en in de war zijn en daar zo goed mogelijk op reageren. En niemand die bang en in de war is, is ooit gekalmeerd door boosheid of dwang.'

En hoewel ze een lichte ergernis had gevoeld bij het toontje waarop hij het zei, was die opmerking haar die avond weer te binnen geschoten toen ze naar haar dochter keek, en het had haar mild gemaakt. Anders dan andere avonden was ze niet in discussie gegaan over hoeveel happen haar dochter moest eten. Maar één keer had ze haar dochter gevraagd of ze echt zeker wist dat ze niets meer wilde, en daarna had ze rustig haar eigen bord leeggegeten, afgeruimd, het eten dat in haar dochters buik terecht had moeten komen in de biobak geveegd – in de wetenschap dat het anders via een omweg ook wel in de wc terecht zou zijn gekomen – en was een sigaretje gaan roken. En met dezelfde mildheid van gisteravond heeft ze vanochtend het verslag van het verhoor van Petrus afgemaakt, en nu staat ze op het dak, genietend van haar momentje met ons, de brandende warmte van de zon negerend, en denkt na over kwetsbare mensen. Haar dochter is kwetsbaar, maar op een heel andere manier dan Petrus. De kracht die ze in haar dochter ziet, de toewijding waarmee Nina zichzelf verhongert, lijkt bij Petrus totaal afwezig. Waar haar dochter met alles wat ze in zich heeft de dwingende ogen van haar omgeving weerstand probeert te bieden, om zelf te mogen bepalen hoe weinig ze wil eten, zelfs als haar wordt verteld dat dit haar dood zal worden, leek Petrus alle weerstand te hebben opgegeven. Hij is niet opgehouden met eten om meer de baas te worden over zichzelf; hij heeft de zeggenschap over zichzelf juist uitbesteed aan anderen, en daarom liet hij eten staan, omdat de groep daar nou eenmaal voor had gekozen. Niet uit verzet tegen de mensen om hem heen, maar uit een gebrek aan verzet. En als Liesbeth alles samenbrengt wat ze tot nu toe heeft gelezen en gehoord, geldt dat ook voor Elisabeth – was Elisabeth nog vatbaarder voor de invloed van haar omgeving dan deze Petrus. En is het dus niet haar keuze geweest om op te houden met eten, maar de keuze van de mensen om haar heen. En dat, besluit Liesbeth, zou toch echt niet moeten mogen; dat iemand die zo ontvankelijk is voor de invloed van anderen er door haar omgeving toe wordt aangezet om zichzelf de dood in te helpen. Mensen die kwetsbaar zijn voor suggestie willoos het pad van de hongerdood op leiden, dat zou wel verboden moeten zijn. Daar zou justitie, nee, daar móét justitie ingrijpen, zegt Liesbeth tegen zichzelf, en ze knijpt wat harder in ons filter. Ze neemt zich voor om alles op alles te zetten om het nodige bewijs te verzamelen dat de overledene niet uit vrije keuze handelde, en dat de mensen om haar heen iets strafbaars hebben gedaan, namelijk een willoos persoon door honger dood laten gaan. Een persoon die hulp nodig had en in plaats daarvan een dodelijk dieet kreeg voorgeschreven. En daar zullen de voorschrijvers voor moeten boeten, als het aan Liesbeth ligt.

En ook als het aan Petrus ligt zal er iemand boete doen voor wat er is gebeurd, al denkt hij daarbij meer aan het feit dat hij gearresteerd is dan aan het overlijden van Elisabeth. Iemand of iets zal moeten boeten. Misschien gewoon deze muur waar hij tegenaan geleund staat, misschien kan hij die een paar flinke trappen geven. Maar hij doet het niet. Hij heeft net genoeg zelfbeheersing om in plaats daarvan nog een trekje te nemen en te blijven staan. Hij denkt weer aan de vrouw, aan Liesbeth, die zo vol onbegrip naar hem keek, terwijl ze constateerde dat hij niets had gedacht toen zijn huisgenoot op sterven lag. Haar zou hij wel een schop willen geven, of op zijn minst flink door elkaar schudden, om duidelijk te maken dat het niet aan hem gelegen heeft, dat hij de schuldige niet is. Om tot haar door te laten dringen dat hij echt zijn best heeft gedaan, al die jaren. Dat hij dacht dat dit het beste was. Dat hij niet meer had willen slaan en schoppen en schreeuwen. En dat hij misschien in de afgelopen jaren nog steeds wel veel geschreeuwd heeft, maar niet meer geschopt en geslagen, geen mensen in ieder geval. En dat dat toch ook iets waard is. Dat iemand hem daar toch ook weleens een keer voor zou mogen prijzen, dat hij nooit meer in een gevecht is terechtgekomen, of dronken langs de kant van de weg is wakker geworden, en dat hij sinds hij bij

Melodie woont nooit meer ergens is ontslagen. Omdat hij ook geen werk had, dat is wel zo, maar toch. Ze hebben hem ook nooit weggestuurd. Hij heeft het nooit zo bont gemaakt dat ze hem niet meer moesten. En misschien heeft hij daarvoor te veel opgegeven, is hij te veel meegegaan met Melodie. Maar hij werkte al zo hard. Hij moest al zoveel doen om zichzelf in toom te houden. Dat was gewoon te veel gevraagd, dat hij ook nog op Elisabeth had moeten letten. Ze hadden allemaal hun uitdagingen gehad waarmee ze moesten werken. Dat was de taak van Melodie, om in de gaten te houden of alles nog goed ging met iedereen. Zij was de therapeut. Officieel misschien wel niet, officieel waren ze gelijkwaardige huisgenoten, maar wel in de praktijk. Zij was degene die het meeste inzicht had.

Of niet, denkt hij opeens, terwijl hij zijn laatste trekje inhaleert en zijn peuk tegen de muur uitmaakt. Of misschien was zij dus wel niet degene die het meeste inzicht had. Maar hoe had ik dat moeten weten? En met die vraag blaast hij de rook de warme zomerlucht in, waar die zich zal vermengen met de laatste rook die Liesbeth op het dak staat uit te blazen, en terwijl onze peuken ieder in een andere asbak achterblijven gaan onze rokers, hun lichaam en geest gelouterd, weer naar binnen.

13

Wij zijn het lichaam van Elisabeth. Koud zijn we – zo koud zijn we toen Elisabeth nog leefde nooit geweest, al lukte het ons de laatste jaren al vaak niet meer om onze extremiteiten warm te houden, maar toch daalde de temperatuur van ons hart en onze andere vitale organen nooit tot onder de zevenendertig graden. Daar zorgden wij wel voor.

Maar nu het leven ondanks al die inspanningen uit ons is gegleden, zijn we aan andere krachten overgeleverd, krachten van warme, nog levende lichamen, die ons van haar luchtbed via een brancard een busje in hebben getild om ons naar deze plek te rijden, dit vreemde gebouw vol kamers met roestvrijstalen oppervlakken, met lijken zoals wij, opgeborgen in mensgrote gekoelde lades. Ze willen de ontbinding tegenhouden, ons conserveren, precies zoals we waren vlak voordat Elisabeth stopte met ademen. Vloeistoffen stil laten staan in hun reservoirs, hongerige bacteriën de lust tot voorplanting ontnemen, afstervende cellen nog even laten wachten met verschrompelen; alles om de sporen van de oorzakenreeks die tot Elisabeths dood heeft geleid intact te laten. Wij begrijpen het allemaal best, maar prettig is het niet, deze kou.

Daarentegen is het wel heel prettig dat we nu in handen zijn van de meest gepassioneerde patholoog van het forensisch instituut, Theo van den Lijstbeek, die nu samen met zijn technisch assistent naar ons staat te kijken. 'Lijken liegen niet, jongen,' zegt hij. 'De doden zijn voor altijd weg, maar de lijken blijven achter, met alle informatie.'

Lijken liegen niet, dat klopt, maar Elisabeth zelf heeft tijdens haar leven ook niet veel gelogen, want ze sprak nauwelijks, zodat wie ons grondig onderzoekt waarschijnlijk meer over haar te weten zal komen dan alle mensen die in de laatste jaren van haar leven hebben geprobeerd met haar te praten. Wij hebben haar in elk geval al heel lang niets meer horen zeggen wat haar niet door iemand anders was voorgezegd. De waarheid over wat er in haar omging bleef binnen in haar, binnen in ons.

Maar nu is er Theo, en Theo is als geen ander in staat om met zijn scalpel informatie uit ons tevoorschijn te snijden, al zal hij zich daarbij waarschijnlijk concentreren op de oorzaak van haar overlijden, wat wij ergens jammer vinden, dat ze daar zo op gebrand zijn, om van Elisabeths hele lange leven in de eerste plaats te weten te komen hoe het is geëindigd, in plaats van hoe het is geleefd. Al zegt de manier waarop mensen sterven natuurlijk ook iets over hun leven, zeker in Elisabeths geval.

Wat Theo's onderzoeksopdracht ook mag zijn, bij hem zijn we in de best mogelijke handen, daar twijfelen we niet aan. Dat voelden we meteen al toen hij ons samen met zijn assistent uit de koelcel haalde. De aandacht waarmee hij zijn handen onder onze schouders schoof, de voorzichtigheid waarmee hij onze wervelkolom ondersteunde terwijl ze ons naar de snijtafel verplaatsten. Om op die manier te worden aangeraakt, dat hebben we bij Elisabeths leven nooit mogen ervaren. We zijn altijd grotendeels verstoken gebleven van contact met andere lichamen. Met die ene vriend die ze ooit had was het allemaal platonisch gebleven, op af en toe een aai onder de dekens na, en de afgelopen jaren hield er wel af en toe iemand haar hand vast, maar dat voelde meestal nogal ongemakkelijk.

En nu liggen we dan helemaal onbedekt, in totale overgave, mogen we wel zeggen, op onze rug, met onze dode huid op het koude roestvrijstaal, terwijl de forensisch fotograaf foto's van ons maakt.

'Moet je die botten zien,' zegt Theo met een flikkering in zijn ogen. 'Prachtig toch eigenlijk, zo'n duidelijke skeletstructuur. Zo zie je ze niet vaak.'

De fotograaf knikt afwezig; hij gaat op in zijn werk. Ook gepassioneerd over zijn baan, maar niet over ons. Niet zoals Theo.

'De schoonheid van het menselijk lichaam blijft me verbazen,' zegt Theo, terwijl hij ons van alle kanten bekijkt, van dichtbij en van een afstand. Hij kijkt opzij naar zijn assistent: 'Goed opletten vandaag, Floris. We gaan alles helemaal volgens het boekje doen.'

Had Elisabeth tijdens haar leven maar half zoveel bewondering gehad voor ons, haar eigen lichaam, als Theo nu, dan hadden we hier niet gelegen. Had ze maar een kwart van zijn zorgvuldigheid tentoongespreid; een achtste van zijn passie; een zestiende van zijn bereidheid om het ons comfortabel te maken; ze zou nog hebben geleefd. Wij hebben alle mogelijke signalen afgegeven om haar duidelijk te maken wat we nodig hadden. Op het eind hadden we onze maag in een constante kramp getrokken in de hoop dat de pijnscheuten haar op andere gedachten zouden brengen. We hebben sterretjes en zwarte vlekken in haar gezichtsveld laten verschijnen. Onze benen laten zwabberen, onze knieën laten knikken, onze longen vernauwd. We zijn gestopt met speeksel aanmaken. Maar het hielp allemaal niets. Ze reageerde er niet op. Natuurlijk ook doordat ze op het laatst niet meer in staat was om na te denken, want we waren zo druk bezig in leven te blijven dat we niet genoeg glucose overhielden om onze hersenen op normale kracht te laten werken.

De fotograaf is klaar; Theo en de technisch assistent nemen het van hem over. De assistent krijgt de eer ons op te meten en te wegen, terwijl Theo de getallen hoofdschuddend intikt op het toetsenbord van zijn computer. Dan loopt hij terug naar de snijtafel. We voelen de warmte van zijn lichaam naderen. Hij kleedt ons niet met zijn ogen uit, we zijn tenslotte al naakt, maar in plaats daarvan stroopt hij met zijn ogen de huid van ons vlees, om zich voor te kunnen stellen wat daaronder zit.

'Goed, eens even van dichtbij kijken.' Hij buigt zich over ons heen en bevoelt met zijn zachte, gehandschoende vingers onze nek, onze schouders, armen, handen. Hij spoorzoekt in ons afgelopen leven. Bloeduitstortingen, schrammen, wonden, minuscule gaatjes van naalden in de huid. Hij opent onze mond en vraagt zijn assistent om bij te schijnen. Tilt onze oogleden op, kijkt in onze neus. Onze oren. Met zijn vingertoppen voelt hij tussen onze haren door aan onze schedel. Dan controleert hij vluchtig de rest van ons lichaam: borst en buik, benen en voeten.

'Zullen we haar op haar zij draaien?'

Nu liggen we op onze linker zijkant, in balans gehouden door de technisch assistent, terwijl we Theo's warme adem over onze rug en de achterkant van onze benen voelen gaan.

'Nee, hier ook geen kneuzingen of verwondingen. Geen zichtbare sporen van geweld, medicijngebruik of drugsgebruik, wil jij dat even noteren? En ze mag weer terug naar haar rug.' Met een hand op onze heup begeleidt hij onze rug weer naar het koude snijtafelvlak.

'Goed, heel erg goed. Dan gaan we deze mevrouw nu eens even van de binnenkant bekijken.'

De blik die hij op ons werpt is onvergetelijk. Met zoveel begeerte is er in ons leven nog nooit naar ons gekeken. Als wij nog konden bewegen zouden we nu beven van geluk, maar helaas kunnen we nu alleen maar bewegingloos blijven liggen en ons overgeven aan een kleine droom over hoe het had kunnen zijn als Elisabeth bij leven al zo iemand had ontmoet als Theo. Iemand die zo naar ons keek. Iemand die ons zo aanraakte. Wat zou dat heerlijk zijn geweest, als we even vergeten dat Theo nooit zoveel interesse voor ons had gehad als Elisabeth nog had geleefd, want dan had hij niet met haar kunnen doen wat hij het liefste doet, zonder haar pijn te doen, en wij rekenen hem niet tot het type mannen dat graag vrouwen pijn doet, daar is hij te zachtaardig voor, dat blijkt wel uit de manier waarop hij snijdt, langzaam en onopdringerig; twee sneden opzij vanaf ons borstbeen en één recht naar beneden, midden over onze buik tot aan het begin van onze vagina. Hij snijdt respectvol; niet met het doel om ons kapot te maken maar juist om ons zo mooi mogelijk te houden, voor als hij ons straks weer dicht gaat maken.

Voor het eerst in ons bestaan valt er licht op onze binnenkant, fel wit onderzoekslicht. Voor het eerst worden wij vanbinnen aangeraakt. De assistent houdt onze huid opzij terwijl Theo langzaam en geconcentreerd ons borstbeen doormidden zaagt om bij de organen in onze borstkas te kunnen komen. Met één hand pakt hij ons hart vast, met de andere snijdt hij de aderen en slagaderen door die het met de rest verbinden. Hij neemt het uit onze borstkas en geeft het aan de assistent, die het achtergebleven bloed eruit spoelt onder de kraan, om het daarna te wegen en op de onderzoekstafel te leggen. Theo pakt ons hart op, houdt het in zijn gehandschoende handen en brengt het vlak voor zijn gezicht. 'Ik snap wel dat jij ermee bent opgehouden,' zegt hij. 'Hoeveel weegt het?'

'Honderdnegenentachtig gram.'

Theo knikt langzaam. 'Het gewicht van een hondenhart.' Is het verdriet wat we horen, onder de constaterende intonatie in zijn stem? Verontwaardiging? 'Dat is toch wat. Ik heb hier genoeg toegetakelde lichamen op de snijtafel gehad, maar dat mensen hun eigen lichaam zo behandelen, daar kan ik nog altijd niet bij.'

'Denk je aan zelfmoord?'

Theo legt ons hart op de uitsnijtafel zodat de fotograaf er een foto van kan maken. 'We gaan natuurlijk alles zo precies mogelijk onderzoeken en uitsluiten. Maar het zou mij verbazen als er iets anders uitkomt dan ondervoeding. En aangezien ik geen tekenen zie van dwang lijkt het erop dat deze mevrouw dit zichzelf heeft aangedaan.'

Of zoals wij het zouden zeggen: dat ze dit óns heeft aangedaan. Al zouden we niet met alle stelligheid beweren dat dit zonder dwang is gegaan. Wij zijn maar een eenvoudig lichaam en wij weten lang niet alles van Elisabeths geesteswereld, maar we herinneren ons wel dat Elisabeth de laatste jaren nooit meer iets kon zeggen of doen zonder te worden tegengesproken of gecorrigeerd, en volgens ons is dat een van de oorzaken waardoor ze langzaam maar zeker steeds minder naar ons is gaan luisteren. Als Theo straks in onze keel gaat kijken zal hij waarschijnlijk ontdekken dat er weinig over is van de spieren rond onze stembanden. En stel dat hij zou afwijken van de standaardprocedure en ook onze handen aan een nader onderzoek zou onderwerpen, de huid van onze vingers en handpalmen zou opensnijden en wegvouwen om het spierweefsel te bestuderen, dan zou hij ontdekken dat de spieren daar uitzonderlijk sterk zijn ontwikkeld, veel sterker dan je zou verwachten voor iemand die niet leek te weten wat het was om voor iets te vechten, maar dat kwam doordat ze des te beter in staat was om tegen iets te vechten, namelijk tegen ons, tegen alle verlangens die in ons zaten, en dat deed ze met gebalde vuisten, verborgen in de zakken van haar veel te grote jas of trui of vest, iedere keer als wij haar lieten weten dat ze honger had, of dorst, of nodig haar benen moest strekken, of tegen een vreemde man in de trein aan wilde kruipen. Daar, in het spierweefsel van onze handen, zijn al haar onvertelde verlangens opgeslagen. En hoe het precies komt dat Elisabeth op een dag besloten heeft om in plaats van naar ons naar iemand anders te gaan luisteren, begrijpen wij ook niet precies, maar we weten wel dat er slimmere, subtielere manieren zijn om iemand iets te laten doen dan door fysieke dwang; effectievere manieren om een mens ertoe te bewegen tegen de impulsen van haar lichaam te strijden.

Maar over die subtielere manieren gaat het niet bij Theo. Hem gaat het alleen om wat er in ons heeft plaatsgevonden. Een voor een onderzoekt hij al onze organen. Hij snijdt ze los, geeft ze aan zijn assistent om ze te wegen, speurt naar abnormaliteiten. De lever, de maag, de darmen, de nieren. Allemaal veel kleiner dan zou moeten. Atrofie, atrofie, atrofie. Verder geen tekenen van ziekte. Natuurlijk niet, want eigenlijk waren wij heel gezond. Wij hadden de potentie om heel lang te blijven leven. Maar Elisabeth heeft ons opgeofferd, stukje bij beetje, geholpen door de mensen om haar heen, degenen naar wie ze besloot te luisteren.

'Ik help jou,' horen we haar zus nog zeggen. 'Ik help jou. Maar dan moet je mij wel láten helpen.'

En dan kneep Elisabeth haar handen tot vuisten, maar dat heeft niet geholpen, en daarom liggen we nu hier bij Theo, die inmiddels onze hele borstholte en buikholte vanbinnen heeft bekeken en van elk orgaan een klein stukje heeft weggesneden om later onder een microscoop te leggen en te bewaren. Dat vinden we een fijn idee, dat een paar kleine maar significante stukjes van ons hier zullen blijven, in de buurt van deze man, die werkelijk het beste voor lijkt te hebben met ons, helemaal los van de persoon die in ons heeft geleefd. Wij kunnen niet in Theo's hoofd kijken, maar vermoedelijk is dat de reden waarom hij ons niet aan zijn assistent overlaat, maar besluit om ons zelf dicht te maken. Niet voor de nabestaanden maar voor ons, omdat wij er nog zijn, de zwijgende getuige van de manier waarop een mens, gedwongen of niet gedwongen, haar lichaam kan verloochenen tot het niet meer anders kan dan zich overgeven aan de dood. En hoe verdrietig wij dat ook vinden, toch spreken we van geluk, want als Elisabeth was blijven leven hadden we nooit geweten hoe het is om door een liefdevolle hand aan de binnenkant te worden aangeraakt.

14

Wij zijn de Hellinkjes.

Anja: Nieuws gehoord? >:’-((((
Maarten: Ja shit
Johan: Kom net bij pap vandaan. Heel verdrietig
Maarten: Ongelofelijk. Gvd
Johan: Dat het zo ver heeft kunnen komen
Anja: TRut. Ssorry hoor
Johan: Ja voor haar zal het ook wel moeilijk zijn nu
Maarten: Maar terecht toch. Jezus. Je eigen zus
Anja: Ik dacht nog toen met pa’s verjaardag, moet ik er niet iets van zeggen?
Maarten: Had niet geholpen. Je kent Melodie
Anja: Heb die nacht nog een hele mail zitten schrijven
Anja: Dat die vrouw van die lichtvoeding een charlatan is
Anja: Vind je overal op internet
Johan: Ik heb ze wel nog gebeld die dag daarna
Anja: Ik dacht als ik die linkjes ook meestuur
Johan: Over wat ze allemaal tegen pap gezegd had
Anja: Over die dementie bedoel je
Maarten: Ik snap niet dat pap ze überhaupt nog had uitgenodigd. Want het was niet de eerste keer he
Johan: Ja
Anja: Ja dat was ook heftig

Anja: Maar die mail heb ik niet meer gestuurd
Anja: Het leek Ed niet verstandig
Johan: Had ie ws gelijk in
Maarten: Echt als ik soms van pap hoorde wat ze allemaal tegen hem zei
Anja: Maar wat zei ze tegen jou Johan?
Maarten: Ik zou haar allang hebben onterfd
Johan: Pff moeilijk terug te halen
Johan: Beetje zelfde verhaal als altijd
Johan: Dat ze proberen meer samen te leven en dat wij dat nooit hebben geleerd vroeger
Johan: En dat we ook niet in contact zijn met de natuur
Johan: En dat pap mam daarom dwingt om medicijnen te gebruiken
Maarten: Waar haalt ze het vandaan
Johan: Ze wou meer haar eigen waarheid spreken
Johan: En ze vond dat ik haar daarin probeerde te beperken door haar achteraf nog op te bellen
Johan: En ik had ook geen recht van spreken omdat ik een man was
Johan: Want pap was volgens haar veel makkelijker naar mij en Maarten
Anja: Tja
Maarten: Wat
Anja: Tja echt eerlijk was het natuurlijk niet
Anja: Jullie hoefden nooit iets te doen in huis
Maarten: Joh. Ok maar dat was toch ook een beetje de tijd
Anja: Tuurlijk, is ook al zo lang geleden. Er zijn ergere dingen
Maarten: Volgens mij hoefde zij ook nooit iets te doen
Maarten: Zij moest toch altijd studeeeren

Anja: Oja
Maarten: Als er iemand voorgetrokken werd door pap was zij het wel. Jezus
Johan: Zeg kan het even
Maarten: Oh pardon meneer de dominee ;)
Anja: Maar had jij het ook nog over dat eten gehad Johan?
Anja: Na paps verjaardag?
Johan: Nou ik heb wel even genoemd dat ik het niet echt beleefd vond naar pap om helemaal niet mee te eten
Maarten: Onbeschoft gewoon toch?
Maarten: Eerst helemaal afdwingen dat die twee andere gekkies ook mogen komen, pap zich dubbel in de kosten laten steken en dan gewoon alle vier hun borden terugsturen naar de keuken
Anja: Maar niks over hun gezondheid
Maarten: Het lef, echt
Johan: Gezondheid?
Anja: Je hebt niet gezegd dat je het gevaarlijk vond om niet te eten
Johan: Nee niet specifiek
Maarten: Djiezus dit geloof je toch niet dat je iemand moet gaan uitleggen dat het gevaarlijk is om niet te eten
Johan: Maarten
Maarten: Ja sorry Johan maar ik ben gewoon even kwaad. Mijn zus is dood he
Johan: Maar kan dat alsjeblieft zonder de Here Jezus erbij te halen
Johan: Ik ervaar dat toch als kwetsend
Maarten: Ik zeg al niks meer
Anja: Want ik was wel echt heel erg geschrokken toen over hoe ze eruit zagen

Anja: Ik zat naast Elisabeth en haar bovenbenen waren ongeveer zo smal als mijn armen

Johan: En erg naar binnen gekeerd was ze. Ik heb haar veel in mijn gebed gehad daarna. En Melodie trouwens ook

Anja: Maar hadden we haar daar dan niet moeten weghalen?

Johan: Want zij lijdt net zo goed, dat moeten we niet vergeten

Johan: Elisabeth? Bij Melodie?

Maarten: Ik kan niet geloven dat we dit gesprek voeren

Anja: Ik heb het daar wel over gehad met Ed

Maarten: Wie bedenkt dit?

Johan: Je bedoelt vanwege het niet eten?

Maarten: Wie bedenkt dat je je ene zus moet beschermen tegen de andere? Wat is dit voor waanzin?

Anja: Ed werkt met zulke mensen he

Maarten: Met krankzinnigen

Anja: Eetstoornissen

Johan: Dacht hij aan een eetstoornis

Anja: Hij zag parallellen

Johan: Ik dacht dat zoiets meer voorkwam bij pubers

Anja: Daar hebben we het ook over gehad

Maarten: Of Melodie is blijven hangen in haar puberteit?

Anja: Over hoe Melodie als puber was

Maarten: Daar heb je geen psychiater voor nodig om dat te zien hoor Anja

Maarten: Een streberig cellomeisje met een bord voor haar kop

Anja: Weten jullie nog hoe ze vlak voor haar toelating was?

Maarten: Huilerig, opgefokt, niet te harden

Anja: Kom op Maarten, ze is wel onze zus

Johan: Ik denk dat ik toen al het huis uit was

Anja: Ja Elisabeth was denk ik ook al weg. Maar toen was ze wel echt heel dun ook

Anja: Op die verjaardag van pa zag ik dat opeens weer voor me hoe ik een keer met haar naar school fietste

Johan: Melodie heb je het nu over

Anja: Die enorme cello op haar rug

Anja: Op dat stuk langs het kanaal moest ze gewoon afstappen omdat ze niet tegen de wind op kon

Anja: Ja wie anders

Johan: Omdat je het hiervoor over de benen van Elisabeth had

Anja: Ja maar dat is ook het erge toch, want Elisabeth had helemaal niet die streberigheid van Melodie

Anja: Ze was misschien een beetje stilletjes maar ik had nooit het idee dat er iets mis met haar was vroeger

Johan: Maar die werd ook niet zo op haar nek gezeten door pap he

Maarten: Op haar nek gezeten? Aanbeden bedoel je. Het was toch altijd Melodie voor en Melodie na. En het fortuin dat hij toen aan die cello heeft uitgegeven

Johan: Ik weet niet hoor Maarten. Ja als het goed ging met spelen kreeg ze alle lof maar als hij het niet goed genoeg vond kreeg ze er ook net zo hard van langs

Maarten: Gaan we op die toer. Arme beschadigde Melodie

Johan: Maarten

Maarten: Pap heeft haar altijd zo gesteund en aangemoedigd. Hij is toen zelfs nog een keer naar het conservatorium gegaan, toen ze niet over mocht

Maarten: Wat? Ik zei toch geen Jezus?

Maarten: En dan zal hij eens een keer kritiek op haar hebben gehad

Maarten: Dat had hij toch op ons allemaal. Als wij met een zesje van school thuiskwamen kregen we toch ook de wind van voren. Nee dat was niet altijd leuk maar hij bedoelde het alleen maar goed. En kijk wat het ons heeft gebracht. Wij zijn er toch alle drie heel goed uit gekomen

Anja: He maar ik wou alleen maar zeggen dat Ed wel dacht dat het kenmerken had van anorexia, hoe Melodie toen was

Johan: En Elisabeth?

Anja: Elisabeth was volgens mij gewoon normaal vroeger

Anja: Voordat ze overspannen raakte

Maarten: Ik vond wel dat ze weinig humor had

Anja: Maar die grapjes van pap waren soms ook wel echt hard

Anja: Over mam bedoel ik

Johan: Hij liep niet altijd over van tact nee

Anja: Ik kon daar ook niet altijd om lachen

Maarten: Maar ze kon ook echt niet koken

Johan: Wat hij natuurlijk niet dagelijks zo had hoeven benadrukken ten overstaan van ons

Maarten: Alles was altijd of niet gaar of te ver doorgekookt of aangebrand

Anja: Het was onmacht denk ik van pap

Maarten: En die preken die ze altijd had over het milieu. Ik snap wel dat hij daar soms een geintje over maakte

Anja: Maar Ed dacht dus wel dat Melodie vroeger misschien een latente eetstoornis had

Anja: En als dat niet escaleert maar ook niet wordt behandeld kan het een soort chronisch iets worden

Johan: Ok, maar haar huisgenoten dan? Eetstoornissen zijn

toch niet besmettelijk
Anja: Ja maar je hebt dus wel zoiets als collectieve psychose
Anja: En Ed dacht dat dit ook zoiets kon zijn. Hij heeft nog gekeken of er literatuur over was maar dat kon hij niet vinden
Anja: Maar Melodie is natuurlijk sowieso behoorlijk dominant
Maarten: Behoorlijk ja. En Elisabeth en die andere twee hebben totaal geen eigen wil. Daar heeft ze ze op uitgezocht
Anja: Dus toen hebben we het wel over hulpverlening gehad
Anja: Maatschappelijk werk of zoiets. Maar ja wij zitten natuurlijk toch ook best wel op een afstand van ze
Johan: Ze wonen niet om de hoek
Anja: En Ed heeft op zijn werk ook al genoeg op zijn schouders
Johan: Ben ik mijn broeders hoeder
Maarten: Weten jullie wat ik nou zo erg vind? Echt van de gekke
Johan: Dat heb ik me de afgelopen nacht wel af liggen vragen
Maarten: Dat Anja en Ed hier zo veel over hebben gepraat, en Ed heeft zelfs literatuur gezocht, en Johan heeft aldoor zitten bidden, en dat allemaal omdat Melodie het nodig vond om Elisabeth te helpen
Maarten: Te helpen he! Daar had ze het aldoor over. Dat zij Elisabeth was gaan helpen. Terwijl als zij het niet zo nodig had gevonden om Elisabeth te helpen er helemaal geen hulp nodig was geweest
Maarten: Dan had Melodie lekker in haar eigen eetstoornis of spirituele waan of wat het ook is kunnen gaarkoken

en dan had Elisabeth nu gewoon nog geleefd
Maarten: Ik bedoel dit is gewoon niet eens efficiënt geweest
Maarten: En dan heb ik het nog niet eens over pap en mam, wat die allemaal op hun bordje hebben gekregen
Johan: Ja dat is wel heel droevig
Anja: Is er eigenlijk iets afgesproken over de uitvaart?
Johan: Al die goede bedoelingen
Anja: Gaat pap dat regelen of wij
Anja: Want Melodie kan het nu niet doen neem ik aan
Johan: Hangt ervanaf. Ik heb even wat vriendjes gebeld en die schatten in dat het lichaam binnen een paar dagen wordt vrijgegeven
Johan: En ze verwachten dat ze Melodie ook niet langer dan een paar dagen zullen vasthouden
Johan: En dan neem ik aan dat zij het zelf zal willen regelen. Maar Bert zei dat er wel een manier is om dat te voorkomen als pap het liever wil doen
Maarten: Want eigenlijk is pap als vader toch de meest directe naaste
Anja: Als ik pap was zou ik die strijd niet aangaan
Johan: Het zou wel even wat handigheid vragen zei Bert. Want in principe krijgt degene die als eerste contact opneemt met een uitvaartondernemer automatisch het recht om de uitvaart te regelen. Maar Melodie krijgt waarschijnlijk als eerste bericht als het lichaam wordt vrijgegeven
Johan: En het ligt natuurlijk ook iets meer voor de hand dat Melodie het doet omdat zij zo lang met Elisabeth heeft gewoond
Maarten: En dus

Maarten: Als een man zijn vrouw vermoordt heeft hij toch ook niet het recht op de uitvaart omdat hij met haar samenwoont

Johan: Dat vind ik geen prettige vergelijking

Maarten: Zo ver ligt het niet van de werkelijkheid af hoor

Johan: Ik wil niet dat je Melodie met een moordenaar vergelijkt

Johan: Dat onderzoek loopt nog

Maarten: Oké maar sowieso, Melodie is de laatste tien jaar vast veel met haar samen geweest maar dat waren nou niet de meest opwekkende jaren van haar leven

Johan: En Melodie is ook onze zus

Maarten: En nu zou Melodie omdat zij er het laatste bij was de meest aangewezen persoon zijn om het afscheid te verzorgen?

Maarten: Terwijl Elisabeth ook meer dan vijftig jaar onze zus is geweest

Maarten: En de dochter van pap en mam

Maarten: Maar daar gaan ze vast geen aandacht aan besteden als Melodie het organiseert

Johan: Ja dat zou kunnen dat het zo zal gaan

Johan: Maar ik wil die beslissing eigenlijk bij pap laten, of hij dat wil voorkomen of niet

Anja: Zal ook wel weer voor een hoop drama zorgen

Anja: En pap heeft genoeg aan zijn hoofd ook

Maarten: Ik ben benieuwd of ze ons uitnodigt

Johan: Dat mogen we toch wel verwachten

Maarten: Ik zou er niet zo zeker van zijn

Johan: Mocht het anders gaan dan kunnen wij altijd nog een eigen herdenking doen met elkaar

Anja: Oké jongens ik moet zo weer verder maar ik dacht

alleen nog dat een van ons misschien contact kan houden met pap hierover?
Maarten: Kan ik wel doen
Anja: Johan?
Johan: Is goed, zou ik sowieso al doen
Anja: Oh sorry Maarten zag jouw berichtje niet. Dus wie houdt contact?
Johan: Ik spreek pa nu toch veel omdat ik bezig ben met de admin van mams verhuizing dus kan voor mij in een moeite door
Maarten: Ook prima
Anja: Fijn Johan. Hou je ons op de hoogte? Ik zit ook midden in een grote klus dus ben even veel aan het werk in de avonden
Johan: Doe ik
Anja: Super, dank en tot snel he
Maarten: Sterkte en suc6 met werk
Johan: We houden contact
Anja: Tx jullie ook

15

Wij zijn het wereldwijde web. Wij herbergen alle antwoorden op alle vragen, al kunnen wij helaas niet garanderen dat het de juiste antwoorden zijn. Maar dat weerhoudt de meeste mensen er niet van om hun grootste vragen en diepste angsten aan ons voor te leggen. Neem Liesbeth: vanochtend vroeg heeft ze achter haar werkcomputer plaatsgenomen en haar browser geopend, maar niet om ons te bevragen over werkgerelateerde zaken. Het eerste wat we haar in de adresbalk zagen typen was: 'hoe omgaan met dochter anorexia'; daarna zocht ze verder op 'ondersteuning bij eetstoornis' en 'therapie afdwingen bij eetstoornis', en inmiddels is ze bezig de resultaten door te nemen van 'tips ouders anorexia'. Pagina's die we haar al zo vaak hebben zien bezoeken, maar ze bezoekt ze opnieuw, om opnieuw te kunnen lezen dat patiënten met een eetstoornis helaas alleen te helpen zijn als ze dit zelf willen, waarbij de eerste stap is dat ze onder ogen moeten zien dat er sprake is van een eetstoornis. Om opnieuw te lezen hoe belangrijk het is om niet bij elke maaltijd in discussie te gaan, omdat eten dan nog meer lading krijgt voor de patiënt, maar dat het evenmin de bedoeling is om patiënten gelijk te geven of mee te gaan in hun waan. En om zich opnieuw door de schrijvers van de artikelen op het hart te laten drukken dat het niet haar schuld is, en dat ze vooral voor zichzelf moet zorgen, want het laatste wat de patiënt nodig heeft, is dat haar naasten er ook nog eens aan onderdoor gaan. Waarbij het wel belangrijk is de schuld ook niet bij de patiënt neer te leggen, omdat ze zich moet realiseren dat een eetstoornis een ziekte is en dat die ziekte er de oorzaak van is dat de patiënt zich zo leugenachtig en zelfbeschadigend gedraagt. Het beste wat de naaste dus kan doen is accepterend blijven en regelmatig een opening geven om, als de patiënte er uiteindelijk zelf aan toe is, de mogelijkheid te bespreken om hulp te zoeken. En opnieuw zoekt Liesbeth tevergeefs naar een antwoord op de vraag hoe je accepterend kunt zijn, niet in discussie kunt gaan en niet beschuldigend kunt overkomen zonder mee te gaan in iemands waan, via de zoektermen 'accepteren en discussie vermijden bij waan anorexia', en 'opening geven bij anorexia' en 'boosheid anorexia', maar dat brengt haar alleen maar terug bij de verhalen die ze al had gelezen. Ze scrolt en klikt nog een beetje heen en weer, kopieert dan de telefoonnummers van twee behandelcentra en een lotgenotengroep in een e-mail aan zichzelf, met in de onderwerpsregel de tekst 'vanavond bellen!!!', en drukt op verzenden. Dan sluit ze alle tabbladen, wist haar zoekgeschiedenis, opent een nieuw tabblad, en voert in: 'Elisabeth van Hellingen'.

De naam brengt haar direct naar de website van Woongroep Klank en Liefde, waar ze blijft hangen bij een stuk tekst over de problemen van Elisabeth, geschreven door Melodie, die uitlegt dat Elisabeth altijd veel moeite heeft gehad om zich open te stellen voor anderen, door niet nader omschreven gebeurtenissen uit het verleden. Er staan ook foto's bij, van Elisabeth samen met Melodie, Muriël en Petrus, van Elisabeth alleen met Melodie, en van composities van Melodie, gekleurde muzieknootjes op zelf getekende notenbalkjes, met het onderschrift 'compositie Melodie van Hellingen, ingekleurd door Elisabeth'.

Een tijdje blijft Liesbeth met haar cursor over de foto's bewegen, denkbeeldige cirkels tekenend rond het hoofd van Elisabeth. Dan klikt ze op een link boven aan de pagina, 'Melodie vertelt'. Ze wordt doorverwezen naar de Facebookpagina van Melodie, en ze begint de tijdlijn van Melodie door te nemen, speurend naar de naam Elisabeth, teruglezend in de tijd; een paar maanden, een jaar, twee jaar, tot ze terechtkomt bij een verslag van het negendagenproces. Ze leest de berichten een voor een, beginnend bij dag één en vanaf daar terug naar boven scrollend.

Melodie van Hellingen
12 september 2016

Negendagenproces Dag 1
Vandaag zijn we begonnen met het negendagenproces! In negen (drie keer drie!) dagen gaan wij ons bevrijden van onze afhankelijkheid van voedsel. Wij krijgen de komende tijd twee keer per dag online begeleiding van Maruko die zelf in de VS woont. De verbinding viel in het begin een paar keer weg maar meestal was het contact heel goed. Behalve wij vieren, ik, Muriël, Petrus en mijn zus Elisabeth die ook bij ons woont, waren er twee Amerikaanse mannen uit Arizona en ook nog een Franse vrouw die in Canada woont. Heel internationaal gezelschap dus! Door het tijdverschil was het handig voor Maruko als we de eerste sessie deden als het bij hun ochtend was en dat is voor ons om 3 uur 's nachts, en de tweede sessie is dan voor ons om 12 uur 's middags. Wij

vonden het niet erg om hiervoor vroeg op te staan en Maruko zei ook dat we waarschijnlijk al snel veel meer energie zouden krijgen, zodat we sowieso veel minder slaap nodig zouden hebben. De eerste sessie hadden we meteen een heel mooi ritueel om onze intentie neer te zetten om naar een hoger bewustzijnsniveau te gaan. De affirmatie (soort bevestigingsspreuk die ook kan inspireren!) die we daarbij kregen was: 'Ik word gevoed door het universum.' Wat een prachtig uitgangspunt en sluit ook mooi aan bij wat ik zelf al heel lang voel en ervaar. Ook hebben we ongeveer anderhalf uur lang onder leiding van Maruko ademhalings- en lichtmeditatie gedaan. Je kan merken dat hij veel ervaring heeft, de meditaties gingen erg diep! Het contact was meteen heel sterk, ook al hadden we een oceaan tussen ons in. Dat komt door de gelijke frequenties zei Maruko en het viel hem op dat wij als groep die frequentie al heel snel te pakken hadden! Heel leuk om te horen, hier heb ik de afgelopen jaren veel energie in gestoken om als groep op een basisniveau te komen en daar plukken we dus nu de vruchten van. Rest van de dag alleen maar sap gedronken en dat voelt al meteen heel licht, alsof er nu al veel meer energie los begint te komen.

Melodie van Hellingen
13 september 2016

Dag 2
Vandaag meer uitleg gekregen over de opbouw van het negendagenproces. Oorspronkelijk heeft Maruko het proces in 30 dagen gedaan maar hij heeft na zijn eigen ervaring dit omgezet naar 9 dagen. De middelste drie dagen zijn helemaal zon-

der eten en drinken en het proces is dus precies symmetrisch ingericht, wat ook past bij de regelmatigheid die je overal terugvindt in de natuur en het hele universum! Want wat wij in het klein doen gebeurt ook op hele grote schaal in het heelal en wordt ook weer weerspiegeld in onze lichaamscellen en zelfs op atoomniveau. Deze uitleg was helemaal nieuw voor ons maar sluit wel helemaal aan bij intuïties die ik zelf al veel langer had! Wat een voorrecht om op deze manier met gelijkgestemden in contact te komen en wijsheid te delen en vergroten. Samen met deze mensen aan de andere kant van de wereld zijn we op een heel bijzondere reis gegaan en het lijkt wel alsof we nu al van de grond komen! Zonder de energie die je nodig hebt voor eten en verteren blijft er veel meer energie over voor je waarneming en communicatie. Vooral Muriël en ik merken dit al heel erg, en dit is pas dag twee! Bij Petrus en Elisabeth lijkt het wat langzamer te gaan maar Maruko zegt dat dit te maken heeft met hoeveel afvalstoffen en negatieve energie je moet loslaten, zodat het bij de ene persoon langer duurt dan bij de andere. Maar hij zei ook dat Muriël en ik waarschijnlijk meer de uitzondering zijn want bij de meeste mensen die minder ervaring hebben met meditatie en minder open zijn voor dingen duurt het langer! En gelukkig hebben Petrus en Elisabeth de komende zeven dagen nog genoeg tijd om ook op dit niveau te komen, waarbij we elkaar natuurlijk onvoorwaardelijk steunen, ook met alle weerstand die erbij komt kijken. De negen dagen zijn ontworpen om voor iedereen te werken, dus we hebben er veel vertrouwen in. We zijn kortom helemaal geïnspireerd en we verheugen ons op de drie dagen zonder eten en drinken die eraan komen!

Melodie van Hellingen
17 september 2016

Dag 6
Zesde dag alweer! De afgelopen drie dagen waren heel bijzonder, met dag vijf, precies in het midden van het proces, als hoogtepunt. Al meteen op dag vier werden wij alle vier heel stil en ontspannen. Zelf begon ik ook een soort vibraties te voelen en te zien, heel bijzonder, een soort kleine bewegende stipjes, ik geloof wel dat ik de enige was die dit zag. Maar op ons allemaal heeft het een heel duidelijk effect. We komen veel dichter bij ons gevoel te staan en alle buitenkant en maskers vallen van ons af. Dit maakt ook heftige emoties los, vooral bij Petrus. Hij had vandaag zoveel weerstand dat hij dreigde om uit het proces te stappen en zelfs uit de groep! Maar door heel goed te praten en met hulp van Muriël kon ik hem laten inzien dat die sterke emoties juist bewijzen hoe hard hij dit proces en ons als groep nodig heeft om uit zijn eigen eenzaamheid te komen. Uiteindelijk kreeg hij een heftige aanval, wat voor ons alle drie heel bedreigend voelde, maar nadat die emoties er eenmaal uit waren kwam er een heel diepe rust voor terug. Het voelde echt als een bevrijding, voor Petrus maar ook voor mij en Muriël. Strijd en liefde blijken twee kanten te zijn van een en dezelfde medaille en alles leidt uiteindelijk tot een veel diepere heelheid. Heel dankbaar om deze mooie reis met ons vieren en de andere mensen uit Amerika te mogen meemaken!

Melodie van Hellingen
20 september 2016

Dag 9
Vanmiddag samen met de hele negendagengroep het proces afgesloten. We voelen ons herboren, als groep maar ook allemaal persoonlijk. Heel fijn om samen op zo'n intense en bevrijdende periode terug te kunnen kijken! Eten blijkt nog meer dan we dachten een enorme verslavende en afleidende factor te zijn in ons leven. Nu we ons hiervan hebben bevrijd kunnen we zelf gaan kiezen hoe groot de rol van voedsel in ons leven nog moet zijn. Dat geeft heel veel energie om ons te gaan concentreren op de echt belangrijke dingen: persoonlijke ontwikkeling en groei en werkelijk contact, voelen waar je behoefte aan hebt en vanuit die afstemming een ander verhaal (een andere KLANK!) in de wereld brengen, voor meer harmonie (LIEFDE!), natuurlijker en duurzamer leven en zonder de aarde te belasten. We zien er heel erg naar uit om onafhankelijk van voedsel verder te leven. En zouden het negendagenproces aan iedereen aanraden!

P.S. Klik op deze link voor een opname van de 'Wij zijn licht'-affirmaties die ik op muziek heb gezet (wie goed luistert kan de melodie van 'Drie keer drie is negen' herkennen, ik heb hier een meer spirituele interpretatie aan gegeven)

Liesbeth klikt op de link en er verschijnt een YouTube-filmpje op haar scherm, dat automatisch begint te spelen. Foto's van de woongroep glijden door het beeld, begeleid door bibberige a capella zang. Inderdaad herkent ze de melodie van 'Drie keer drie is negen', met hier en daar een extra noot ertussen om de tekst te laten passen op de melodie. Als het filmpje is afgelopen, begint vanzelf een volgend filmpje. 'Woongroep Klank en Liefde presenteert zichzelf!' staat er in gekleurde letters, en een voor een komen de vier bewoners in beeld en stellen zich voor.

Nog voordat het filmpje helemaal is afgelopen, klikt Liesbeth op herhalen. Met haar cursor schuift ze het rode bolletje onder het beeld naar het punt waar Elisabeth verschijnt, als laatste van de vier, om iets over zichzelf te vertellen. Eén zin is het, met moeite uitgesproken. Een paar keer achter elkaar speelt Liesbeth het fragmentje af en laat de stem van Elisabeth via de luidsprekers van haar computer tot zich spreken.

'Ik ben Elisabeth en ik ben de zus van Melodie.'

'Ik ben Elisabeth en ik ben de zus van Melodie.'

'Ik ben Elisabeth en ik ben de zus van Melodie.'

16

Wij zijn de twijfel. Een hele lange tijd is het Muriël gelukt om ons voor zichzelf verborgen te houden, om te doen alsof wij er niet waren, maar sinds ze is gearresteerd en helemaal alleen in een afgesloten ruimte van zeven vierkante meter is geplaatst, valt het haar steeds zwaarder om ons te negeren. En nu ze in de kleine ondervragingsruimte zit, met haar advocaat schuin achter zich en Liesbeth en Asif, die allebei hun aardigste gezicht hebben opgezet, recht tegenover haar, klaar om ons te voeden met verwarrende feiten en vragen, zal het hopelijk niet lang meer duren voor ze zich aan ons gewonnen geeft.

'Wij hebben namelijk gisteren het rapport van de forensisch patholoog binnengekregen,' zegt Asif. 'En die concludeert dat uw huisgenoot door ondervoeding is overleden.'

'En u zei net wel dat u dacht dat iedereen zich beter was gaan voelen sinds u het negendagenproces samen had doorlopen,' voegt Liesbeth toe, 'maar misschien kunt u nog eens nagaan, nu u weet dat ondervoeding de doodsoorzaak was, of u zich niet alsnog dingen herinnert. Dingen waaraan u had kunnen merken dat het niet goed ging met Elisabeth. Met haar gezondheid dan vooral.'

'Haar gezondheid,' herhaalt Muriël.

'Ja,' zegt Asif, 'kleine dingen misschien. Tekenen van verzwakking. Verminderd uithoudingsvermogen. Haaruitval.

Vermagering. Huidproblemen. Als u nu terugkijkt, herinnert u zich dan momenten waarop zulke dingen u zijn opgevallen?'

En met die vraag kunnen we ons dan eindelijk van het verstopte naar het toegankelijke deel van Muriëls bewustzijn verplaatsen, om ruimte te maken voor de gedachte dat het antwoord misschien wel ja is, dat ze niet voor niets zelf nooit kon slapen van de honger, dat ze niet voor niets 's nachts rekensommen lag te maken over haar eigen caloriegebruik en dat van de anderen; dat de uitkomsten van die rekensommen haar de laatste weken niet voor niets nog meer pijn in haar buik hadden gegeven, en dat Elisabeth inderdaad degene was over wie ze zich het meeste zorgen had gemaakt. En openhartig als Muriël is staat ze al op het punt om dit besef direct te delen met de rechercheurs, maar dan bedenkt ze weer waarom ze hier zit; dat ze een verdachte is, en dat haar advocaat gezegd heeft dat ze als ze twijfelt of ze iets wel moet vertellen omdat het mogelijk belastend is, altijd om een pauze mag vragen om met hem te overleggen. Ze kijkt achterom naar haar advocaat, die haar vriendelijk toeknikt.

'Ik wil graag even met mijn advocaat overleggen.'

Asif en Liesbeth wisselen een blik, knikken naar haar advocaat en staan op. Zodra ze de ruimte hebben verlaten schuift de advocaat zijn stoel naar voren, zodat hij naast haar komt te zitten, en met een bezorgde blik in zijn ogen – een beetje zoals haar vader, denkt Muriël – vraagt hij wat er aan de hand is.

'Vertel het me maar,' zegt hij, 'vertel het maar meiske,' en even wordt zijn Brabantse afkomst hoorbaar in zijn tongval, zodat hij Muriël nog meer aan haar vader doet denken, en de tranen schieten al in haar ogen, maar hij geeft haar niet de kans om in huilen uit te barsten. 'Vertel het me maar gewoon zo snel en beknopt mogelijk.'

Muriël knikt, slikt een paar keer en begint te praten. Alle kleine en grote herinneringen en gedachten die ons in de afgelopen dagen hebben aangewakkerd komen naar buiten. Dat Muriël sinds ze twee jaar geleden het negendagenproces hebben doorlopen eigenlijk altijd honger heeft gehad, dat ze zich dus misschien niet beter voelde maar meer in een soort roes was geraakt, de hele tijd een soort nevel in haar hoofd had, waardoor ze niet meer goed kon nadenken, wat ergens zeker aangenaam was geweest maar ergens misschien ook een teken dat het niet helemaal gezond was wat ze deden, en dat zij degene was die hun kleding meestal verstelde, en dat ze al hun broeken een paar keer had moeten innemen, maar die van Elisabeth nog vaker, wat ook wel vragen bij haar had opgeroepen over of ze het wel goed deden, en of vooral Elisabeth het wel aankon, want de man van het negendagenproces was zelf helemaal niet zo mager, hij had zelfs een klein buikje, als ze het goed gezien had, terwijl zij in de woongroep alle vier erg waren afgevallen, en zonder Melodie te willen beschuldigen vermoedt ze achteraf dat Melodie als enige echt enthousiast was, en Melodie is wel iemand die mensen goed kan meenemen in haar enthousiasme, iemand van wie je het gevoel hebt dat je haar kan vertrouwen, ze weet gewoon heel veel, door alles wat ze zelf heeft doorgemaakt heeft ze enorm veel wijsheid, en dan is het soms lastig om haar tegen te spreken, dus als zij dan zegt, of zei, dat ze voelde dat het voor iedereen heel bevrijdend was en dat je kon horen dat ze allemaal veel zuiverder waren gaan zingen, dan was je geneigd dat te geloven, want Melodie is ook degene die het meeste van muziek weet, en ze heeft een absoluut gehoor, maar als Muriël nu terugkijkt vraagt ze zich wel af of ze zich zélf ook echt bevrijd gevoeld heeft, als een vlinder bedoelt ze dan, eentje die elk moment zijn vleugels zou kunnen openvouwen om weg te vliegen, en dan denkt ze toch van niet; het leek eerder alsof alles juist tijdrovender en ingewikkelder was geworden, want ze waren er al met al best veel tijd aan kwijt, aan het zingen van de affirmaties, aan de ademhalingsmeditaties en de lichtsessies, en ook aan de gesprekken over wat het met ze deed en de discussies over de vraag wanneer ze weer zouden eten en hoe ze ermee om moesten gaan als ze iets te eten aangeboden kregen, en Melodie besteedde ook veel tijd aan de nieuwsbrieven en Facebook-berichten waarin ze over het niet eten vertelde, en soms had Muriël zelfs het idee dat het bedoeld was om geld te besparen, omdat hun laatste subsidieaanvragen allemaal waren afgewezen, en nogmaals wil ze niet beschuldigend zijn tegenover Melodie, maar om terug te komen op de vraag van de rechercheurs naar hun gezondheid, was het inderdaad de laatste weken behoorlijk zwaar geworden fysiek, eigenlijk voor iedereen, omdat ze altijd heel veel binnen en thuis hadden gezeten en ze nu plotseling elke dag naar de moeder van Melodie moesten reizen, die in een andere stad woonde, en Muriël heeft in een slapeloze nacht weleens uitgerekend dat ze daardoor minstens vijfhonderd kilocalorieën op een dag extra verbrandden, terwijl ze niet meer groentesap waren gaan drinken, dus als je even uitging van het idee dat ze toch niet helemaal in staat waren van licht en lucht te leven maar het moesten doen met de energie die ze via voeding binnenkregen, dan was het wel een periode geweest waarin ze veel meer energie waren gaan verbruiken, terwijl ze voor die tijd ook al structureel veel te weinig binnen hadden gekregen, en om dan nog een keer terug te komen op de vraag van de rechercheurs, ze had in die laatste week wel gemerkt dat Elisabeth het allemaal niet bij kon benen, letterlijk niet, want een paar keer was ze tijdens een wandeling met de moeder van Melodie – en van Elisabeth dus ook, de moeder van Elisabeth en Melodie – in de berm gaan zitten omdat ze niet meer verder kon, en dan hadden ze allemaal gewacht totdat ze weer op adem was en Melodie haar overeind had geholpen en ze weer verder kon lopen, maar dat leek Muriël achteraf gezien toch allemaal niet echt gezond, en om nog specifieker terug te komen op de vraag of ze geen aanwijzingen had gehad dat het fout ging met Elisabeth, denkt ze bij nader inzien toch dat het antwoord ja was, denkt ze zelfs dat ze die nacht misschien ook wel zoiets gezegd heeft, al weet ze dat niet meer helemaal zeker, of ze het zei of alleen maar dacht, maar wat ze wel nog zeker weet is dat ze zich afvroeg of ze geen dokter moesten bellen, of 1-1-2, en ze weet ook niet helemaal zeker of, áls ze het hardop heeft gezegd, Melodie toen werkelijk antwoordde dat het niet nodig was, omdat wat er nu gebeurde de natuur was, of dat ze alleen maar had bedacht dat Melodie dat waarschijnlijk zou zeggen, zodat ze maar besloot om de vraag over de dokter en de ambulance niet te stellen, maar hoe dan ook was ze het vlak daarna trouwens wel helemaal met Melodie eens geweest dat het heel natuurlijk en juist was hoe Elisabeth was overleden, alleen nu achteraf, nu ze hier terechtgekomen zijn, is ze daar toch over gaan twijfelen, over alles eigenlijk, over de vraag of het wel kan, niet eten, en of alles wat natuurlijk is ook per se beter is, en over of ze nu gelukkiger is geworden nadat ze in Woongroep Klank en Liefde is gaan wonen, en nog veel meer dingen, maar de pijnlijkste en gevaarlijkste daarvan is of het niet haar schuld is dat Elisabeth is doodgegaan, omdat ze geen ambulance heeft gebeld, hoewel ze daar wel aan dacht en het misschien ook hardop heeft gezegd, want als ze wel gebeld had zou Elisabeth nu misschien nog leven, en ook hadden ze dan mogelijk een iets realistischer beeld hebben kunnen krijgen van het effect van lichtvoeding op hun gezondheid, want misschien moesten ze wel concluderen dat ze er spiritueel gezien gewoon nog niet echt klaar voor waren; Melodie natuurlijk wel, maar zelf heeft Muriël eerlijk gezegd gewoon nog eten nodig, in ieder geval voelt ze zich ook veel beter nu ze die boterhammen heeft gegeten hier, maar als ze dat allemaal aan die rechercheurs vertelt zo meteen dan moet ze – ze slikt weer een paar keer – dan zal ze misschien wel de gevangenis in moeten, en ze weet niet zeker of ze dat wel kan, zo lang alleen, en het lijkt haar vreselijk om het aan haar ouders te moeten vertellen, ook al spreekt ze die eigenlijk niet meer, maar ze heeft al bedacht dat ze dat graag zou willen veranderen, dat ze zou willen kijken of ze haar familie weer af en toe kan zien of spreken, maar ook als ze het niet zelf vertelt maar ze het via via te horen krijgen, dan zal het nog altijd een enorme schok en teleurstelling voor ze zijn dat zij, die altijd zo veelbelovend was, veroordeeld is voor schuld aan de dood van haar huisgenoot, dat zal haar vader, en haar moeder waarschijnlijk ook, erg teleurstellen en kwetsen en dat wil ze niet, dat wil ze niet laten gebeuren als ze het kan tegenhouden, maar ze wil ook niet de wet overtreden en liegen tegen de rechercheurs, en ze wil nog meer zeggen, maar haar advocaat onderbreekt haar, er is geen tijd om nog veel langer te praten zegt hij, dus de overgebleven twee minuten kunnen ze volgens hem beter besteden aan het doornemen van hun strategie voor het verhoor. Hij is het type mens op wie wij nauwelijks vat kunnen krijgen, iemand die altijd zeker lijkt te weten hoe de zaken in elkaar zitten, die eerst in een diepe crisis terecht zal moeten komen voor we hem te pakken kunnen nemen, en ook nu weet hij precies wat er moet gebeuren: Muriël moet alles wat ze hem net verteld heeft voor zich houden. Liegen tijdens een verhoor mag natuurlijk niet, daar heeft Muriël gelijk in, maar de waarheid spreken kun je alleen over dingen die je zeker weet, houdt hij haar voor, dus als ze niet zeker weet wat ze heeft gezegd of gedacht over het bellen van een ambulance of een arts, dan kan ze daar beter niets over zeggen. En ook wat de rest betreft stelt hij voor dat ze zo veel mogelijk op de vlakte blijft.

'Herhaal deze zin maar even,' zegt hij. 'Als er al tekenen waren, dan zijn die me toen niet opgevallen.'

'Als er al tekenen waren, dan zijn die me toen niet opgevallen.'

'Goed zo. Nog eens?'

'Als er al tekenen waren, dan zijn die me toen niet opgevallen.'

'Heel goed. En als ze dan vragen óf er tekenen waren, zeg je: dat weet ik niet meer. Want je weet het ook echt niet meer. Wat je je nu herinnert interpreteer je achteraf als tekenen, maar op het moment dat het gebeurde was dat nog niet zo. Dus zeggen dat je het niet weet is het meest eerlijke antwoord. Want het is waar dat je niet zeker weet of je die dingen toen ook al als alarmerend hebt ervaren. Want je geloofde Melodie toch ook? Je geloofde toch ook dat jullie het juiste deden?'

Muriël knikt langzaam.

'Nou. Dus je kan gewoon zeggen dat je je geen alarmerende signalen herinnert, want je weet niet meer of ze je alarmeerden, en als je het zo zegt is het zeker geen liegen.'

Opnieuw knikt Muriël, nu iets minder aarzelend. Wij moeten het hem nageven: het lijkt erop dat hij erin is geslaagd om ons op zo'n manier om te buigen dat we de zaak tegen Muriël zwakker in plaats van sterker zullen maken, door haar te laten twijfelen aan alle belastende feiten die ze hem net heeft bekend. Om haar het laatste zetje te geven voor de rechercheurs weer binnenkomen zegt hij: 'Want je wilt niet voor langere tijd in de cel terechtkomen, en dat is heel begrijpelijk, want daar hoor je ook niet, dat is één ding wat heel zeker is. Dus onthoud het maar goed: je herinnert je geen tekenen van verzwakking of andere alarmerende signalen.'

En Muriël, die gewend is om te doen wat andere mensen heel overtuigend tegen haar zeggen, doet wat de advocaat tegen haar zegt. Als Asif en Liesbeth weer zijn binnengekomen en ze het gesprek hervatten herhaalt ze de zin die ze geoefend heeft, en ze onderdrukt de vraag of het wel waar is wat ze nu zegt, of het niet toch anders was, en ook dat gaat haar goed af: ze weet hoe ze ons moet onderdrukken ten gunste van één duidelijk verhaal om in te geloven.

Hoe vaker Muriël haar zinnetjes herhaalt, hoe meer de mondhoeken van Liesbeth en Asif gaan hangen. Haar advocaat luistert met een minzame glimlach, zich zichtbaar verkneukelend over zijn tactiek om Muriël in haar eigen half ware verklaring te laten geloven. Ze doet het fantastisch; ze laat niets los waarmee de rechercheurs iets kunnen in het licht van de aanklacht. Kalmpjes kijkt hij toe hoe Asif en Liesbeth Muriël bewerken, hij met een steeds krampachtiger aandoende vriendelijke vragenstellerstoon, zij met de armen steeds strakker over elkaar geslagen, tot de twee het opgeven en ze het gesprek beëindigen. Met een gevoel alsof ze door het oog van de naald is gekropen laat Muriël zich terug begeleiden naar haar cel, en wij gaan met haar mee, klaar om haar opnieuw te overvallen zodra ze weer alleen is.

17

Wij zijn het verhaal. Langzaam en voorspelbaar stevenen wij op onze afloop af – de climax, of de anticlimax, dat valt nog te bezien. Wij vermoeden dat het een anticlimax wordt, als de schrijver zo door blijft gaan. We snakken naar een zetje in de rug, een onverwachte wending, een nieuw personage dat dingen weet die al het vorige in een ander daglicht plaatsen, maar de schrijver heeft schijnbaar andere dingen aan haar hoofd. Die vindt haar buikpijn en de bijbehorende medische diagnoses die ze op internet kan vinden belangrijker dan haar personages, onze personages, die op dit moment als vergeten marionetten in de leegte bungelen, wachtend tot ze weer in beweging worden gebracht. De schrijver heeft geen tijd om dingen te verzinnen die ons interessanter zouden kunnen maken. Terwijl er nog zo veel boeiends te vertellen valt.

Over Elisabeth bijvoorbeeld, over wat haar zo wankel had gemaakt, en waarom ze zo weinig sprak dat ze voor de buitenwereld haast zwakzinnig leek. Daar moet toch meer achter hebben gezeten, denken wij dan, daar moet toch een oorzaak bij te bedenken zijn. Incest misschien, of misbruik door een buurjongen. Of ze is als kind gepest; zoiets kan prachtige aangrijpende scènes opleveren. Of het kan nog eerder misgegaan zijn. Dat haar moeder voordat ze Elisabeth kreeg een abortus had gehad en ze zich schuldig voelde tegenover dat andere kind dat ze was kwijtgeraakt, waardoor ze Elisabeth, toen die pas geboren was, en misschien ook al daarvoor, min of meer negeerde, wat dan zou kunnen worden beschreven in een scène vlak na de bevalling in het ziekenhuis, waarbij haar moeder bijna vergat om haar dochter mee naar huis te nemen, en daarbij kan dan de suggestie worden gewekt dat Elisabeth al voordat ze geboren werd onzichtbaar was voor de mensen om haar heen, wat altijd zo is gebleven, totdat ze ten slotte letterlijk verdween.

Of wat ook een mooie toevoeging zou zijn, iets over het om hulp vragen. Stel dat ergens in de komende pagina's blijkt dat Elisabeth vlak voordat ze doodging toch nog om hulp heeft gevraagd. Dat ze heeft gezegd, met een zwakke stem, die om het nog schrijnender te maken bijvoorbeeld alleen door Melodie werd verstaan, 'Help me, help me,' of nog specifieker, 'Cola, geef me wat cola.' We opperen maar wat. Dat van die cola zou misschien niet helemaal bij Elisabeth passen, maar aan de andere kant, wie weet wat een mens in doodsnood allemaal bedenkt? Als ze haar best zou doen zou ze dat best aannemelijk kunnen maken, onze schrijver. Of anders zou ze de cola in sap kunnen veranderen. Of vlierbessensiroop. 'Geef me wat vlierbessensiroop.' Of ze kan schrijven dat Elisabeth om een dokter had gevraagd en dat Petrus de telefoon al had gepakt maar dat Melodie hem toen tegenhield, zodat ze ruzie kregen, een ruzie die door Melodie gewonnen werd omdat ze het feit dat Petrus de dokter wilde bellen afschilderde als een vorm van vluchten voor zijn weerstand, wat altijd heel goed werkte omdat Petrus nooit een vluchter wilde zijn, maar waarbij hij toch eerst nog even de longen uit zijn lijf had moeten schreeuwen voor hij Melodie gelijk gaf, iets waarmee hij haar munitie had gegeven, want kijk nou wat je doet, Petrus, je staat te schreeuwen terwijl Elisabeth doodziek op bed ligt, dit kan toch niet, dit gedrag kan echt niet, jij bent oké, Petrus, jou als persoon zal ik nooit afvallen, maar dit kan gewoon niet, gaat het nu weer, kun je weer een beetje kalmeren, ga maar even rustig op de bank zitten en haal diep adem. Zoiets zou wel mooi zijn, dat er een grote ruzie is geweest waar nog niemand iets van weet, ook de recherchemensen niet, en dat dit op het laatst aan het licht komt tijdens het verhoor van Melodie, die door een rake empathische opmerking van Asif opeens breekt en deze hele onvertelde episode zomaar bij de rechercheurs op tafel legt.

En wat de schrijver ook kan doen, ze kan die man van het negendagenproces nog veel beter in beeld brengen, die Maruko, als overtuigd verkondiger van schadelijke denkbeelden, bijvoorbeeld door te beschrijven hoe Melodie via de videoverbinding aan hem vroeg of écht iedereen in staat was voedsel los te laten, omdat ze bij haar thuis niet allemaal even fit waren, en ook niet even ver qua spirituele ontwikkeling, en er bij sommigen ook wel wat weerstand leefde, waarop Maruko had geantwoord dat hij zeker wist dat iedereen het kon, en dat het niet zozeer te maken had met fysieke kracht als wel met doorzettingsvermogen, zodat het belangrijk was dat zij, de vragenstelster, '*Melody, what a beautiful name by the way, it suits you so well*', bleef geloven in het pad dat ze waren opgegaan, om ook haar vrienden te kunnen helpen om het vol te houden, omdat ze daar uiteindelijk allemaal door zouden groeien. Iets in die richting.

Al moeten we zeggen dat wij zo langzamerhand wel een beetje simpel beginnen te worden van al die aandacht voor Melodie. Steeds als wij een beetje in de richting van Elisabeth beginnen te bewegen, schuift Melodie ertussen. De schrijver – wie zou haar intenties met ons beter doorzien dan wij – wil het doen voorkomen alsof Elisabeth een groot raadsel is dat niet kan worden opgelost, een zwart gat dat alleen kan worden waargenomen via de bewegingen van alles eromheen. Ze wil het raadsel dat Elisabeth vormt intact laten, omdat dit volgens haar in het echte leven ook zo is, dat andere mensen, en vooral degenen die al dood zijn, raadsels zijn die frustratiegewijs niet kunnen worden opgelost, maar wij begrijpen niet zo goed waarom ze ons zo nodig moet misbruiken om dat punt te demonstreren. Want zeg nou zelf, het echte leven? Alsof wij op het echte leven lijken. Heeft u in het echte leven ooit een verhaal het woord zien nemen? Dus waarom zouden wij dan wel raadsels intact moeten laten omdat het echte leven raadsels heeft? Er zijn genoeg verhalen die wel gewoon sluitende verklaringen mogen geven voor de dingen die gebeuren. Detectives bijvoorbeeld, waarin alle relevante motieven en verwikkelingen op het einde bloot komen te liggen. Verhalen met echte moorden en daders. Maar nee, de schrijver heeft ons tot nu toe moedwillig onbevredigend en ambigu gehouden. En dat doet ons als verhaal geen goed, zeker niet in combinatie met u, de lezer, want bedoeld of onbedoeld hebt u net zo goed als de schrijver schuld aan alle onduidelijkheid. Hoe vaak hebt u tijdens het lezen niet aan iets anders zitten denken? En hoe vaak hebt u niet iets in ons gelezen wat er helemaal niet stond? Tussen de regels door zeker. Al die moeite die wij doen om onszelf te blijven, dwars door alle meerduidigheid heen waarmee de schrijver ons heeft opgezadeld, en dan maakt u er in uw hoofd gewoon iets anders van, een slechte reproductie vol hiaten en niet-kloppende aannames en interpretaties. En denkt u maar niet dat u zo'n lezer niet bent. Bladert u maar eens terug naar pagina 17 en leest u maar hardop – ja, hardop, want dat bevordert de zorgvuldigheid van het lezen – wat daar staat. Had u het zo onthouden, exact zoals het er stond? Wij vermoedden al van niet. Als u ons echt recht wilt doen, zult u ons helemaal hardop moeten lezen, zo langzaam mogelijk, met uw vinger bij de woorden die u leest, zodat u niets over het hoofd ziet. Maar daar zult u wel geen tijd voor hebben. Geen tijd. Alsof wij het niet druk hebben, met alles wat er gaande is.

Maar goed, misschien zijn we te streng. Ondanks alles hebt u het toch al tot dit punt met ons volgehouden en dat is een feit dat voor u spreekt. Tussen u en ons gezegd en gezwegen bent u vergeleken met de gemiddelde lezer tot nu toe zelfs een van de meer zorgvuldige geweest. En belangrijker dan dat u terugleest, is het dat u verder leest, zodat wij in ieder geval tot een afronding kunnen komen in uw hoofd, al zal die afronding u misschien niet helemaal bevredigen. We vertellen het u maar vast, om teleurstellingen te voorkomen: wij zullen ons niet veel anders meer ontvouwen dan u al verwachtte.

Muriël, die in de war is over haar verantwoordelijkheid voor de dood van Elisabeth, en die daardoor is gaan twijfelen over de vraag of het loslaten van voedsel wel goed voor haar is geweest, waaraan weer de vraag vastzit of de woongroep wel bij haar past, zal gaan flirten met het idee om de groep te verlaten, maar het ziet er niet naar uit dat ze dit ook werkelijk zal doen. Zo'n groepsloyaliteit valt echt niet te breken met een paar dagen in een politiecel, en als je dan ook nog weet dat haar sociale contacten buiten de groep tot nul zijn gereduceerd, moet het wel heel raar lopen wil ze echt durven vertrekken. Misschien zal ze zelf wel even geloven dat ze het durft, maar als ze straks weer worden vrijgelaten, en ze worden morgen nog vrijgelaten, daarover hoeft u zich het hoofd verder ook niet meer te breken, dit is niet het type misdaad, als het al een misdaad is, waarvoor mensen wekenlang mogen worden vastgehouden, en het is sowieso een magere zaak, best tragisch allemaal, maar op de schaal van erge dingen die er in de wereld kunnen gebeuren valt het nogal mee, er is niet eens een echte moord gepleegd, zoals wij eerder al betreurden, dus als ze straks worden vrijgelaten en ze mogen weer met elkaar praten achten wij de kans erg klein dat Muriël zich werkelijk zal weten los te maken, want Melodie is op dit moment de enige die ze heeft, en Muriël is wel het type dat andere mensen nodig heeft om overeind te kunnen blijven. Met de andere twee personen die haar zouden kunnen helpen, haar ouders, heeft ze al twee jaar geen contact gehad, en de schaamte voor deze episode met Elisabeth zal het haar extra moeilijk maken om hen onder ogen te komen, dus de kans dat ze ervoor zal kiezen om uit de groep te stappen lijkt ons verwaarloosbaar. Hetzelfde geldt voor Petrus, die door het sigaretten roken en de vragen die hij kreeg tijdens zijn verhoor wel anders naar de dingen is gaan kijken en ook wel eventjes heeft nagedacht over de vraag of Melodie het niet toch bij het verkeerde eind heeft gehad, en die daar in de komende uren zeker nog wat gedachten aan zal wijden terwijl hij in gevecht met zichzelf op het bedje in zijn cel ligt en probeert te slapen, maar ten slotte tot de conclusie zal komen dat Melodie de enige is die hem accepteert zoals hij is, de enige die hem kan helpen om uit zijn patronen te breken. En wat Melodie betreft, zij zal tijdens haar verhoor niet breken om een hele onvertelde episode met de rechercheurs te delen, maar blijft hardnekkig bij haar eigen halve waarheid over de nacht van Elisabeths dood.

Dan hebben we nog de rechercheurs, die behalve rechercheurs ook echte mensen zijn, met hun eigen aan de zaak gerelateerde privébeslommeringen – daarin lijken wij dan wel weer enigszins op een Engelse detective, maar dat element had wat ons betreft net zo goed achterwege kunnen blijven, nu de substantiële elementen van de detective ontbreken, zoals de serieuze misdaad en de belofte van uitsluitsel over wie het heeft gedaan –, de rechercheurs zullen evenmin veel bijzonders meer ontdekken of concluderen. Dus onze slotsom zal wel zijn dat verschillende omstandigheden ertoe hebben geleid dat het onzalige plan om te stoppen met eten de oudste en zwakste bewoonster van de groep fataal is geworden, maar dat dit niet genoeg is om haar huisgenoten te vervolgen, en dat het voor de huisgenoten zelf te pijnlijk is om onder ogen te zien welke rol zij hebben gespeeld bij Elisabeths overlijden, zodat ze weinig wijzer geworden verder zullen leven, en wie weet volgen er nog wat bespiegelingen over de dynamiek tussen de personages en de manier waarop die dynamiek ieders individuele blindheid heeft uitvergroot, omdat het voor Melodie extra lastig is om toe te geven dat de weg die zij gekozen heeft haar eigen zus het leven heeft gekost, terwijl de tel- en rekenobsessie van Muriël Elisabeth in theorie had kunnen redden, als Muriël die obsessie serieus zou hebben genomen, en meer van dat soort consideraties, die uiteindelijk allemaal neerkomen op 'als dit, dan dat', maar as is verbrande turf en onze afloop zal er niet door veranderen. De forensisch patholoog zal niet alsnog ontdekken dat Elisabeth door een heel andere oorzaak is overleden, iets waarbij haar demente moeder onbedoeld betrokken was, of dat Muriël in een vlaag van verstandsverbijstering de slowjuicer met bleek heeft schoongemaakt, zodat ze Elisabeth per ongeluk heeft vergiftigd, of dat Melodie op het allerlaatst nog een kussen op het hoofd van Elisabeth gedrukt had om haar lijden sneller te beëindigen; zoiets verwachten we niet, zo'n verhaal zijn we tot nu toe niet geweest, dus we zullen het ook wel niet plotseling worden. U zult het verder moeten doen met omstandige beschrijvingen van hun laatste dag in hechtenis, en van wat er straks gebeurt als ze weer naar huis mogen. We hebben het al aangekondigd: niets noemenswaardigs. Ze gaan gewoon naar huis en hun leven gaat verder. Maar als u er geen bezwaar tegen heeft om te lezen over nauwelijks noemenswaardige gebeurtenissen en gedachten, zoals u tot nu toe kennelijk zonder veel tegenzin hebt gedaan, dan zouden wij het toch waarderen als u verder leest. Waarbij we u dan wel op het hart zouden willen drukken om vanaf dit punt iets beter op te letten, zodat u ons zo min mogelijk zult vervormen in uw hoofd. Hardop lezen is het devies, want hardop lezen bevordert de zorgvuldigheid van het lezen, we herhalen het nog maar even, want waarschijnlijk was u het alweer vergeten.

18

Wij zijn dementie. Wij zijn het bewijs dat een mens niet samenvalt met wat ze kan begrijpen en onthouden. Kijk maar naar deze mens, hoe heet het, heet ze, Jannetje, Jansje, Hansje, Hansje. Alleen omdat ze de man niet herkent die net is binnengekomen, een oudere man, wit haar, zorgelijke blik, iets tussen boos en verdrietig in, alleen omdat ze niet weet wie hij is, wil dat nog niet zeggen dat ze zichzelf niet meer is, misschien is ze wel meer zichzelf, wie zal het zeggen, wij niet, en Hansje ook niet, en ook niet de man, hij zal wel familie of iets van haar zijn, of ja, haar man waarschijnlijk, want hij kust haar op haar mond en zij, zonder te weten waarom, omdat de beweging nog in haar lippen zit, kust terug, en uit haar mond komen de woorden 'Dag lieverd', want die woorden klinken mooi bij de beweging van de kus, en ook de woorden 'fijn dat je er bent hoor, fijn,' en dan is het even stil terwijl de man een stoel verschuift, hij schuift hem zo dat hij recht tegenover haar kan zitten, en dat doet hij ook, hij gaat zitten, hun knieën raken elkaar net niet en zijn gezicht is nog steeds zo, zo zorgelijk, waarschijnlijk wordt hij door zijn geheugen geplaagd, er is iets wat hij heeft onthouden en waar hij zich nu zorgen over maakt, en wat het is, is de naam van een vrouw, hij zegt de naam, hij zegt 'Het is Elisabeth,' en Hansje probeert de klanken na te maken en dat lukt haar wonderwel, 'Elisabeth,' bekend klinkt het, vertrouwd, Elisabeth, wat zou er zijn met die Elisabeth, die naam, die doet ons ook wel aan iets denken, misschien is het een van de vrouwen die vaak komen, op bezoek, vrouwen die haar goed kennen, familieleden, dochters misschien, er is ook een man bij, met zijn vieren zijn ze en een van die vier heet misschien wel Elisabeth, dat zou best kunnen, misschien is het wel degene die altijd naast haar loopt als ze gaan wandelen, dat is haar dochter ja, dat zal wel want die noemt haar altijd mam, laatst nog toen ze weggingen, nadat ze Hansje naar bed hadden gebracht, dat doen ze altijd, dan hoeft Hansje niet op de mevrouwen te wachten, dan kan ze lekker vast gaan slapen, laatst nog, toen gaf een van de vrouwen een zoen aan haar en zei 'Dag mam,' en Hansje echode 'dag dag,' en toen zei de vrouw 'welterusten, slaap lekker,' en als antwoord spreidde Hansje toen haar armen en zei tegen de andere drie, misschien ook familie, misschien niet, misschien aangetrouwd of iets anders, die bij het bed stonden te wachten op de vrouw die welterusten had gezegd, 'Krijg ik nog een kus?' en ja ja ja, toen hebben we die naam Elisabeth gehoord, toen zei de vrouw 'Hé, hoor je dat, Elisabeth, mam wil een kus van je,' tegen die andere vrouw zei ze dat, Elisabeth, die niet welterusten zei maar die stond, te wachten, en die ook bleef staan daarna, maar de welterustenvrouw zei toen 'Toe maar, Elisabeth, geef mam maar een kus,' Elisabeth ja, dat zei ze toen weer en toen knielde de andere vrouw bij haar bed en kuste Hansje op haar wang en toen zei ze, Hansje, niet de vrouw, maar Hansje zelf, 'Dag lieverd, lekker slapen hè,' wat goed voelde in haar mond, in Hansjes mond, en ze sloeg haar armen strak heen om de vrouw en hield haar vast, even, Elisabeth misschien dus wel, die zelf niet praatte maar terwijl ze werd omhelsd door Hansje verderging met wachten, nu tot Hansje weer los zou laten, maar eerst zei Hansje nog een keer 'lekker slapen' en daarna liet ze pas los en stond de vrouw weer op en klopte haar kleren af, die niet vies waren geworden dachten wij van de omhelzing, en toen zei de andere vrouw weer Elisabeth, ze zei 'Dit is heel bijzonder. Heel mooi, Elisabeth. Prachtig hoe jij je openstelde. En mam ook, dat voelt ze toch maar mooi aan. Dat laat wel zien dat ze helemaal niet dement is, zoals iedereen zegt,' en de vrouw van het kleren kloppen knikte en ze gingen weg, alle drie de vrouwen en ook de man, en eentje heette dus misschien Elisabeth, zodat de naam ons bekend voorkomt, de naam die de man net genoemd heeft, niet de man die met de vrouwen was, dat was een andere man, die had geen witte haren, maar deze man, de man die net gekomen is, en nu noemt hij nog meer woorden, en nog een naam, 'Ik werd gisternacht gebeld door Melodie, ze kon niet lang praten omdat de politie bij haar was, ze mocht alleen maar zeggen dat Elisabeth – het spijt me, maar Elisabeth is overleden,' zegt hij en hij pakt de handen vast van Hansje en dat is beter, want die woorden zijn er te veel om in een keer te bevatten, Elisabeth, gebeld, politie, Melodie, overleden, veel woorden om te begrijpen, al zijn wij ook het levende bewijs dat de mens niet samenvalt met haar vermogen alle woorden te begrijpen die ze vroeger wel begreep, ze hoeft er eigenlijk maar een of twee te snappen, en dan nog niet eens de precieze betekenis ervan, als ze de strekking maar ongeveer weet, en daarbij helpt het hoe de man, haar man is het waarschijnlijk, echtgenoot, haar handen vasthoudt en met waterige ogen naar haar kijkt, want nu voelt ze ook haar eigen ogen waterig worden en ze antwoordt op een toon die daarbij past 'Ach. Overleden. Zij overleden. Wat, ach,' en dat is waarschijnlijk precies wat de man graag wil horen, want hij knikt en zegt ‘Ja, ja dat begrijp je nog wel hè, wat dat betekent. Onze dochter,’ en nu komen er een paar tranen ook, uit zijn ogen, en knijpt hij wat harder in haar handen en zegt ‘Toch onze dochter, hè, ondanks alles,’ en wat geeft het dat ze niet precies weet wat dochter ook alweer betekent, het gaat toch meer om de grote lijnen, ook zonder de details kan ze het huilen over de naam, Elisabeth – was het haar dochter, zei hij dat net, dat het haar dochter was – delen met de man die haar handen vasthoudt, ook zonder te begrijpen wat hij zegt over aangehouden en politie en we weten nog niet hoelang en vastgehouden en Johan zegt en Johan vroeg en Johan heeft aangeboden om zo nodig en uitvaart regelen en afwachten en niet veel kans en nadenken en terugkijken en wij hebben toch ons best gedaan en jij ook jij hebt ook altijd zo je best gedaan en dat waardeer ik echt en niet te streng en Johan zegt en onzin en ik vraag me weleens af en dit klinkt misschien heel gek en eigenlijk wel blij en arrestatie en inkeer en huisgenoten en maar dan en dit is wel een wrange prijs en Melodie en niet de schuld en maar en Johan vond wel en Melodie het recht en of wij niet beter en begraven en afwachten en Johan heeft gebeld en lichaam wordt meestal pas vrijgegeven en niet in een nieuwe strijd en genoeg aan ons hoofd en gelukkig en sorry dat en lastigval en de verpleging en op de hoogte en nou en toestand en hoe dan ook en afwachten en heel verdrietig en dochter en verliezen en het klopt toch niet en ouder en kind overleeft en ook voor jou en veel bij je geweest en Melodie en e-mail en vorige week en jij en Elisabeth en dat je haar spontaan een knuffel had gegeven en niet gedacht en laatste en afscheid en toch een mooi idee en nou en troost en vind je niet; wat maakt het uit dat Hansje niet precies of helemaal niet begrijpt wat al die woorden zijn, als ze maar snapt wat hij bedoelt, en ze snapt dat hij iets bedoelt waar een ernstige blik bij hoort, en ze knikt bij alles wat hij zegt en als hij zwijgt zegt ze 'ja, ja,' en soms herhaalt ze een paar woorden, 'een hele troost ja' en dan pakt ze zomaar uit het niets, omdat haar armen het lijken te willen, zijn hoofd in haar twee handen en ze trekt het naar zich toe en drukt haar lippen op zijn witte kruin en ze zegt 'een hele troost hoor, stil maar, stil maar,' en zo blijven ze een tijdje zitten, tot de man voorzichtig haar handen pakt en ze weer op haar schoot legt en rechtop gaat zitten en zegt: 'Jij redt het wel hier, toch? Dit is een fijne plek voor jou. Beter. Beter dan thuis, toch? Voor ons allebei,' en zij zegt 'ja', en 'beter', en dat hoort hij graag, het stelt hem zo te zien gerust, en dan vraagt hij 'Zal ik je de ingezonden brieven nog voorlezen?' en zonder te wachten op haar reactie pakt hij een krant uit zijn tas en begint hardop te lezen, en Hansjes hoofd gaat mee op het ritme van de woorden, op en neer, op en neer, totdat haar kin op haar borst zakt en haar ademhaling zwaarder wordt en als de man klaar is met lezen en opkijkt knikt hij en vouwt de krant weer op en schuift hem zachtjes terug in zijn tas, en uit zijn broekzak pakt hij een lapje waarmee hij eerst zijn ogen dept en daarna heel zachtjes, vast om haar niet wakker te maken, zijn neus snuit, en dan schuift hij voorzichtig de stoel waarin hij zat naar achteren en hij staat op, hij geeft haar nog een kus op haar hoofd en loopt dan weg, en dat is toch fijn voor haar, dat de man die bij haar op bezoek kwam, haar man was het dachten we, dat die haar laat slapen als ze moe is, en dat hij kan denken dat het hier beter is voor haar, beter dan thuis, en misschien is dat ook wel zo, want thuis zijn geen mevrouwen die dingen voor haar kunnen doen, zoals dingetjes in haar mond stoppen die ze moet doorslikken en met naalden in haar armen prikken, dingen die niet altijd lekker voelen, maar ze moeten helaas even gebeuren zeggen de mevrouwen, en neemt u nog maar een paar slokjes, ja dat is even bitter, hè, maar het is zo op, goed zo, en nu deze nog even met een glaasje water, drink maar, en dat is toch aardig van de mevrouwen, en ook dat ze haar luiers omdoen zodat ze niet uit bed of van de stoel hoeft om te plassen of te poepen, dat ze gewoon kan blijven zitten of liggen en het allemaal mag laten lopen, nu ook, nu ook, nu ze zit te soezen in haar stoel en even opschrikt omdat ze voelt dat ze moet plassen, en ze kijkt even zoekend om zich heen want net was er nog een man, de man, de lieve man, hij was de lieverd, dat woord voelt ze nog in haar mond en nu probeert ze op te staan om hem te zoeken, nadat ze eerst is gaan plassen, maar waar is eigenlijk die plek, die plek waar mensen dat altijd doen, en hoe gaat opstaan, een twee, een twee, nee, nog een keer, een twee, en even zijn haar billen los van de zitting maar dan valt ze weer achterover, 'Hè, hè, hè?' vraagt ze hardop en dan komt er een van de mevrouwen naar haar toe, 'Gaat het met u, mevrouw Van Hellingen?' vraagt ze en Hansje zegt 'Hè,' ze wil iets anders zeggen, iets wat duidelijk maakt dat ze naar die plek wil gaan, maar alleen 'Hè,' komt uit haar mond en 'Ja,' en de mevrouw vraagt 'Wat wilt u?' en Hansje gaat met haar bovenlichaam naar voren en naar achteren en dan komen er woorden, ze zegt 'Ik wil naar die plek,' en de mevrouw vraagt 'Moet u plassen?', 'Ja, ja, plassen,' zegt Hansje, en de mevrouw zegt 'Dat kan gewoon, hoor, u heeft een luier. Plast u maar. De luier vangt alles op. Die verschonen we vanavond weer,' en dat is toch fijn, dat Hansje gewoon mag blijven zitten van de mevrouw, en terwijl ze plast voelt ze het warm worden tussen haar benen, lekker warm ja, maar waar is de man, de lieverd, hij was er net nog wel en nu is hij weg, misschien is hij naar huis, misschien moet ze ook maar eens op huis aan, maar de mevrouwen hebben net eten klaargemaakt en dan is het niet netjes om zomaar weg te gaan, en na het eten komen ze haar helpen zeggen ze, ze helpen haar naar een bed en ze kleden haar uit, dat doen ze gewoon, waarom ook niet, en dan verschonen ze haar luier en zeggen ze welterusten, wat toch lief is van ze, en het is lekker warm en warm, het ding doet het niet, het ding dat het koud maakt, maar morgen misschien wel, en beter te warm dan te koud, maar iets klopt er toch niet, want er was eerst een man en er was ook een naam, Elisabeth, en tranen waren er ook en nu komen er nieuwe tranen, zomaar uit het niets lijkt het wel, en Hansje snikt en snikt en snikt totdat er een mevrouw bij haar komt kijken die zegt 'Ach. Bent u verdrietig? Ja. Het is ook niet niks. Het was toch uw dochter,' en de mevrouw knijpt in Hansjes hand en pakt iets wits waarmee ze het lopende snot van Hansjes bovenlip veegt, en dan legt ze het witte over haar neus en zegt 'Snuit u maar, snuit u maar,' en de verbinding tussen het woord snuit en het gevoel van het witte tegen haar neus doet het nog, Hansje blaast uit en de rest van het snot komt naar buiten, en dan is de neus weer droog en dat is lief van de mevrouw, het zijn allemaal lieve mevrouwen hier, en misschien was er daarnet wel iets wat niet helemaal klopte maar wat was het ook alweer

19

Wij zijn geitenwollen sokken, met de hand gebreid door Hansje, de moeder van Melodie, toen ze nog genoeg bij haar verstand was om sokken te kunnen breien. Dat moet een jaar of vijf geleden zijn geweest. De gaten vallen al in onze hielen, maar Melodie draagt ons nog altijd graag, dus gelukkig maar dat ze ons toevallig aanhad op de avond dat Elisabeth doodging. Bij alle narigheid die haar daarna is overkomen heeft ze tenminste steeds twee zachte vertrouwde kledingstukken aan haar kouwelijke voeten gehad. Niet dat het echt koud is – in die cel waar ze moet slapen is het zelfs wat aan de warme kant – maar de bloedsomloop van Melodie is altijd al vrij zwakjes geweest, en dat ze tegenwoordig zo weinig eet maakt het er niet beter op. Sinds ze op het politiebureau zit heeft ze zelfs helemaal niet meer gegeten, want ze vertrouwt het eten hier niet. En ze is natuurlijk ook geschrokken. Haar zus dood, zij gearresteerd, gescheiden van haar huisgenoten, en dat allemaal zo opeens. Zulke dingen gaan een gevoelig iemand als Melodie niet in de koude kleren zitten.

De middag voor het allemaal gebeurde hadden we nog een gezellige wandeling gemaakt in het park achter het verpleeghuis van Hansje.

'Kijk, mam,' had Melodie gezegd, 'ik heb je sokken aan.' Ze waren gestopt bij een bankje omdat Elisabeth even wilde uitrusten. Melodie ging voor de rolstoel van haar moeder staan en schoof haar broekspijpen een stukje omhoog. 'Die heb jij gebreid, weet je dat nog? Dat kon jij altijd zo goed.'

'O ja,' antwoordde Hansje. 'Ja.' Ze glimlachte en knikte.

'Ze zijn nog altijd heerlijk warm.'

'Ja. Heerlijk hoor kind. Heerlijk.'

'Mam wordt altijd zo blij als ik haar sokken draag,' zei Melodie tegen niemand in het bijzonder, en ze liet haar broekspijpen weer zakken. 'Gaat het Elisabeth? Zullen we weer verder wandelen? Anders is het ook zo saai voor mam.' Ze liep naar Elisabeth toe om haar overeind te helpen en gaf haar een arm. 'Kom maar, het is niet meer ver. Heb jij die sokken van mam eigenlijk nog?'

'Ik dacht van niet,' antwoordde Elisabeth.

'Jammer eigenlijk.'

Dat was 's middags, en 's avonds ging Elisabeth op de bank liggen en zei dat ze niet meer kon, en een paar uur later ging ze dood en nu zijn we hier op het politiebureau, al een paar dagen, en Melodie zit met gekromde tenen aan een tafeltje in een kleine, ongezellige kamer, samen met een paar andere mensen, die wij verder niet zo goed kennen: een man en een vrouw die haar vragen stellen en een vrouw die Roos heet, dat is haar advocaat, die schuin achter Melodie op een stoel tegen de muur zit, een heel aardige vrouw is dat, die Melodie enorm heeft getroost op de eerste ochtend dat ze hier was.

De voeten van Melodie zijn een beetje zweterig, vast omdat ze wat nerveus is, en we hopen dat het haar geruststelt hoe wij haar voeten omhullen, met alle zachtheid en warmte en liefde die haar moeder in ons heeft gestopt toen ze ons maakte. Haar moeder, die op momenten als deze tegen Melodie zou zeggen dat die zenuwen echt nergens voor nodig zijn, omdat ze goed is zoals ze is, en ook omdat de meeste mensen heus niets kwaads in de zin hebben, ook de man en de vrouw die de vragen stellen niet; ze komen heel vriendelijk over, heel geïnteresseerd in Melodie, en ook in Elisabeth. Heel toegewijd, vooral die vrouw. Het lijkt wel alsof ze Elisabeth met terugwerkende kracht zou willen redden. En allebei luisteren ze goed; ze zijn heel stil als Melodie praat en zodra ze is uitgepraat vatten ze keurig samen wat er net is gezegd.

Ze vragen haar naar het kantelpunt, ze willen weten of Melodie een kantelpunt kan aanwijzen. Een moment waarop 'de toestand van Elisabeth', zoals de vrouw dat noemt, levensbedreigend werd.

Wij zijn natuurlijk maar sokken en de dood is niet onze specialiteit, maar als de vraag aan ons werd gesteld zouden we zeggen: toen ze met zijn vieren thuiskwamen uit het verpleeghuis. Zodra ze binnen waren zei Elisabeth: 'Ik kan niet meer. Ik ben op,' en zonder nog iets te zeggen ging ze op de bank liggen, waarna ze meteen bewusteloos raakte.

Dat zouden wij tenminste zeggen, bewusteloos. Melodie heeft het steeds heel goedbedoelend over slapen, maar wij denken dat haar zus bewusteloos was, want ze werd niet meer wakker, ook niet toen Melodie en de anderen haar van de bank op haar luchtbed legden, en zo makkelijk ging dat allemaal niet, daar zou een slapend mens echt wel even van zijn wakker geschrokken. Maar Melodie blijft maar vasthouden aan het woord slapen. Misschien omdat bewusteloos ietsje te hard voor haar klinkt. Melodie is heel gevoelig voor directe taal, zeker als het gaat over mensen van wie ze houdt. Ze heeft bijvoorbeeld ook een hekel aan het woord dementie. Dan heeft ze het liever over 'in de war' of 'verzwakt'. Anders wordt het gewoon te zwaar voor haar. En ze heeft al zoveel te dragen, ook met alle emotionele ups en downs van haar huisgenoten. Eigenlijk kan ze die huisgenoten er niet bij hebben, denken wij weleens, met haar bovengemiddelde gevoeligheid, maar ze is nu eenmaal iemand die graag iets wil betekenen voor anderen.

'Het leek ons niet goed om haar wakker te maken. Ze was zo moe,' zegt Melodie dus, en de mevrouw die de vragen stelt – heel toegewijd lijkt ze ons, dat wel, maar ook een beetje streng – wil nu weten wie van hen precies vond dat wakker maken, of controleren of Elisabeth bewusteloos was geraakt, niet nodig was, en of ze daar nog over hebben gepraat met zijn drieën.

'Wij vonden het alle drie niet nodig,' zegt Melodie, terwijl ze haar tenen nog verder naar binnen kromt. 'Wij wonen en leven al zo lang samen. Heel vaak hebben wij geen woorden nodig om elkaar te begrijpen. We voelden alle drie heel duidelijk dat Elisabeth wilde slapen. Ik voelde het zelf en ik voelde ook dat de anderen het voelden, dus het was logisch dat we stil waren en haar lieten slapen.'

Begrijp ons niet verkeerd, wij houden veel van Melodie. Wij zouden ons geen betere levensvervulling kunnen wensen dan het warmhouden van haar voeten. Maar wij begrijpen soms niet helemaal waarom ze zo onzorgvuldig is als ze vertelt over de dingen die we met haar hebben meegemaakt. Nu bijvoorbeeld, nu ze zegt dat ze allemaal stil waren en Elisabeth lieten slapen, nu is ze niet helemaal precies, want nadat Elisabeth op de bank was gaan liggen begon Muriël juist wel te praten, dachten wij. 'Moeten we nie–,' zei ze als we het goed hebben gehoord, maar Melodie wilde schijnbaar liever dat ze stil was, ook vanwege de hardheid van het woord moeten waarschijnlijk, want we hoorden haar heel nadrukkelijk 'sssst' sissen, en daarna hield Muriël haar mond. Dus ja, uiteindelijk waren ze wel stil, maar zoals wij het ons herinneren was dat niet voor hen alle drie heel logisch, in ieder geval dus niet voor Muriël. Al kan het natuurlijk dat Melodie het anders heeft onthouden, want Melodie is nu eenmaal echt een harmonietype, zodat ze ruzies en onenigheden vaak het liefst zo snel mogelijk vergeet.

'En toen u haar op het luchtbed legde, hoe reageerde ze toen, kunt u dat beschrijven?'

'Ze lag niet lekker op de bank,' zegt Melodie, 'met haar hoofd zo half tegen de leuning, dat was niet prettig voor haar nek, dus het leek ons beter om haar op haar luchtbed te leggen.'

'En hoe verliep dat? Wie zei wat? Wie deed wat?'

Melodie strekt haar tenen en duwt ze in de grond. 'Heel organisch eigenlijk. Dat heb ik u dacht ik al verteld, en ik begrijp eigenlijk niet waarom u er nu weer naar vraagt. Ik begrijp niet waarom u zo aanvallend bent. Wij zijn de enigen die er altijd voor haar zijn geweest, die haar altijd hebben geholpen, hoe moeilijk dat soms ook was, want mijn zus was echt niet altijd makkelijk. Dus dat u nu doet alsof wij mijn zus iets hebben aangedaan, terwijl we haar juist met alle liefde en aandacht in bed hebben gelegd, dat komt erg kwetsend over, na alles wat ik voor haar heb gedaan.'

'Wij suggereren niets,' zegt de strenge, toegewijde vrouw. 'Wij stellen alleen vragen. We willen graag zo precies mogelijk weten hoe het allemaal is gegaan. Dus ook hoe u haar op het luchtbed hebt gelegd. Organisch zegt u. Maar wat betekent dat? Wie deed wat? Wie zei wat? Wiens idee was het? Wie pakte het luchtbed? Probeert u ons eens mee te nemen in uw organische proces.' De irritatie in haar stem ontgaat ons niet, en Melodie met haar sensitiviteit natuurlijk ook niet. Ze duwt haar hielen in de vloer, en dan horen we een andere stem, een heel vriendelijke vrouwenstem schuin achter Melodie, een soort engel lijkt het wel, maar het is Roos, de advocaat, en Roos zegt tegen Melodie dat ze gewoon rustig en feitelijk antwoord kan geven op de vraag, uiteraard voor zover ze het zich allemaal herinnert, en daarop ontspant Melodie haar voeten weer een beetje, en iets rustiger dan daarnet beschrijft ze hoe ze Elisabeth in bed legden, waarbij ze zich nu wel grotendeels aan de feiten houdt zoals wij die hebben waargenomen. Zij stond bij Elisabeths hoofd en Petrus stond aan de andere kant, bij haar voeten. Muriël legde ondertussen het luchtbed op zijn plek. Melodie hield bij het verplaatsen de hele tijd Elisabeths gezicht in de gaten, zegt ze, en als de strenge mevrouw vraagt of ze het niet zorgwekkend of vreemd vond dat Elisabeth niet wakker werd, antwoordt ze van niet, omdat Elisabeth heel moe was, en omdat Melodie verder geen reden had om te denken dat haar zus in gevaar was. En ze denkt trouwens nu nog steeds niet dat Elisabeth in gevaar was, want het is haar zelf wel duidelijk dat Elisabeth er klaar voor was om de volgende stap te nemen. Dat het een bevrijding voor haar is geweest.

'Dus u verklaart dat u haar dood wel zag aankomen, maar dat u die niet als een gevaar zag?'

'Nee,' zegt Melodie, 'nee, dat vind ik heel erg, dat u dat zo zegt, dat ik het zag aankomen. Het was een proces, ze was moe, ze wilde rusten, dat was wat we zagen. En die rust werd langzaam dieper. We wisten niet waar het heen ging, we zagen alleen het proces, en uiteindelijk is ze in de ultieme rust terechtgekomen. Waarom zouden we iemand die in zo'n proces zit moeten tegenhouden?'

'En heeft u daar ook met elkaar over gepraat? Ik bedoel, weet u zeker dat uw huisgenoten daar ook zo over dachten?'

'Ik heb u al gezegd dat wij elkaar heel goed aanvoelen. Zeker als er zoiets dieps gebeurt. Dan heb je geen woorden nodig, dan begrijp je elkaar gewoon.'

'Goed,' zegt de man, die tot nu toe nog maar weinig heeft gevraagd. 'Dus om het heel concreet te maken: niemand van u heeft uitgesproken dat uw zus zoals u dat formuleert, "klaar was om de volgende stap te nemen". En u hebt ook niet samen besproken dat het beter was om niet in te grijpen. Maar zoals u het beleefde was het goed wat er gebeurde en u maakte zich geen zorgen of ze zou overlijden, omdat u de dood niet als een gevaar zag. Kunnen we dan concluderen dat u begreep dat ze zou doodgaan, maar er toch voor koos om niet in te grijpen?'

'Hoe bedoelt u, ingrijpen? Waarom zou je ingrijpen in een natuurlijk proces? Een leven dat wil eindigen, mag eindigen. Een lichaam dat op is, is op.'

'Een lichaam dat geen eten krijgt, raakt op, ja,' merkt de mevrouw tegenover haar op, opnieuw met een scherp randje in haar stem. 'Maar dat noemen wij over het algemeen niet natuurlijk. Als iemand na een lange periode van veel te weinig eten deze tekenen vertoont, dan kun je dat een natuurlijk proces noemen, maar je kunt je ook afvragen of diegene er misschien niet goed aan zou doen om iets te eten, en of ze hulp nodig heeft om weer op krachten te komen. Iemand die óp is, op deze leeftijd, en met dit eetpatroon, dood laten gaan, is niet de enige mogelijkheid.' Ze begint steeds harder te praten, ze klinkt nu echt boos, en de voeten van Melodie gaan weer krom staan van de schrik.

'Hoe dan ook,' zegt de man op beheerste toon, 'laten we

even teruggaan naar de vraag. Klopt het dat u zag dat uw zus dreigde dood te gaan, maar dat u ervoor koos om niet in te grijpen, dat wil zeggen dat u besloot om niet de dokter of 1-1-2 te bellen?'

'Nee, dat klopt niet. We zagen niet dat mijn zus dreigde te gaan, we zagen dat ze heel moe was en dat ze wilde rusten en steeds dieper in slaap zakte, en uiteindelijk is ze gegaan, maar dat wisten we niet van tevoren.'

'Goed,' zegt de man, 'laten we het dan anders zeggen. U zag dat ze steeds dieper wegzakte en dat vond u geen reden om in te grijpen. Klopt dat?'

'Ik héb ingegrepen. Ik héb geholpen. Ik ben naast haar gaan liggen en ik heb de hele tijd haar handen vastgehouden. Ik heb de hele tijd voor haar gezorgd, de hele tijd.'

'Maar u vond het wegzakken geen reden om medische hulp in te schakelen.'

'Nee,' zegt Melodie, 'nee. Ze had geen medische hulp nodig. Ze had liefde nodig. Ze had mij nodig. Ze moest weten dat ik er was. Dat ze mocht loslaten.'

'Als u het zo zegt klinkt het toch weer alsof u het zag aankomen.'

'Nee,' zegt Melodie, 'niet zo. We dachten niet: ze gaat afscheid van ons nemen. Pas toen ze echt weg was wist ik dat. Wisten we dat. Ja, achteraf kon ik toen wel zien dat het een proces was dat daarop zou uitkomen, maar dat hebben we stap voor stap doorgemaakt.'

'Goed. Ik geloof dat we in kringetjes ronddraaien. Alleen nog even over uw huisgenoten. Klopt het dat u dacht aan te voelen dat zij hetzelfde dachten als u, maar dat u hier niet over hebt gesproken?'

'We voelden dat van elkaar aan, ja,' zegt Melodie.

'En u hebt er niet over gepraat?'

'Nee,' zegt Melodie, 'we hebben het allemaal samen in stilte doorgemaakt.'

En daarmee is ze opnieuw niet helemaal zorgvuldig in haar weergave van de gebeurtenissen, opzettelijk of onopzettelijk, daar doen wij geen uitspraken over, het kan natuurlijk dat ze het is vergeten, het gebeurt wel vaker dat ze dingen anders onthoudt dan wij, maar wij hebben allebei heel duidelijk gehoord dat Muriël later die avond wel haar zin afmaakte en vroeg: 'Moeten we niet een dokter bellen? Of 1-1-2?' En als antwoord zei Melodie toen heel zachtjes: 'Stil maar. Laat haar maar. Ze is zo moe. Ze is klaar om los te laten.' Daarop hoorden we wat geschuifel, en daarna de bibberige fluisterstem van Muriël die zei: 'O ja, oké.' Dat was een heel tijdje nadat Elisabeth bewusteloos was geraakt, en Petrus zei niets, en Muriël zweeg verder ook, en zo bleven ze zitten, terwijl Melodie heel langzaam en goed hoorbaar in- en uitademde, met haar voeten tegen elkaar aangeklemd, en niet veel later zei Melodie dat Elisabeth weg was.

Dood, zouden wij zeggen, maar Melodie gebruikt dat woord liever niet. Veel te direct. En dat zou ook weleens het probleem kunnen zijn van dit gesprek, dat Melodie de dingen liever niet al te direct omschrijft, want het lijken aardige mensen die de vragen stellen, maar toch begrijpen ze haar niet goed, en zij hen niet. Dezelfde vragen en dezelfde antwoorden gaan nog een paar keer over en weer, voordat de toegewijde vrouw zegt dat ze genoeg heeft gehoord. Melodie wordt teruggebracht naar haar cel, waar ze meteen in kleermakerszit op haar bed gaat zitten, wat voor de bloedtoevoer naar haar voeten niet de beste houding is, maar het helpt haar wel om haar verkrampte tenen te ontspannen, en ontspanning is onontbeerlijk voor een sensitief persoon als Melodie, vooral op momenten als deze, als ze haar moeder mist.

20

Wij zijn weerstand. Jarenlang zijn wij de stok geweest waar Petrus mee geslagen werd op de momenten dat hij iets niet wilde, of ergens boos over was, en nu, liggend onder zijn dunne laken op het plastic bedje in zijn cel, in een poging nog heel even in slaap te vallen, omdat dat vannacht niet lukte, slaat hij zichzelf ermee. Zijn laken gaat op en neer op het snelle ritme van zijn ademhaling, het zweet staat op zijn rug en in zijn handen. Zijn benen willen trappen, zijn armen willen slaan, zijn vuisten willen het laken in tweeën scheuren, zijn hoofd wil naar de muur. Waarom moet hij hier blijven als hij niet nog een keer wordt verhoord? Waarom laten ze hem zo lang alleen, zonder hem te vertellen wat er gaat gebeuren? Hij heeft zin om te schreeuwen, maar hij knijpt zijn kaken op elkaar en blijft liggen. Ik zit in de weerstand, zegt hij tegen zichzelf, ik zit gewoon in de weerstand. En hij denkt aan de dingen die Melodie hem over ons geleerd heeft.

'Als je weerstand voelt, dan kan het helpen je die voor te stellen als een grote hooibaal waar je met al je gewicht tegenaan leunt. In het begin denk je dat de weerstand niet verandert, maar als je blijft leunen, dan kan je langzaamaan gaan voelen dat de hooibaal meegeeft. Dat het allemaal iets losser wordt. En dat is het begin van ontspanning.'

De afgelopen dagen heeft hij honderden hooibalen in zijn hoofd opzijgeschoven, eerst zachtjes leunend, zoals Melodie het had uitgelegd, maar later duwde hij de hooibalen met zijn twee handen van zich af. Hij trapte ze weg, hij beukte ze om, hij trok ze uit elkaar en gooide het losse hooi in de lucht om het te laten meewaaien met de ontspannende windvlagen van zijn ademhaling. Maar nu voelt het alsof we van een baal in een berg zijn veranderd, een berg die boven op hem ligt en hem naar beneden duwt, en wat hij ook bedenkt om met ons te doen, de druk op zijn borst wordt alleen maar groter.

'Weerstand is geen gedachte, maar een gevoel,' had Melodie gezegd. 'Eerst is er een prikkel, iets wat je waarneemt. Bijvoorbeeld dat ik je vraag om je gevoel te delen. Vervolgens komt er angst. Je schrikt. Het idee dat je je gevoel zou moeten delen, is bedreigend voor je, om wat voor reden dan ook. Waarschijnlijk iets uit je vroege jeugd. Je systeem protesteert. En dan komt de weerstand. Je lichaam zegt nee. Je spieren spannen zich aan. Je klemt je kaken op elkaar. Je trekt je buik in. En pas dan, als het gevoel van weerstand er eenmaal is, dan komen de gedachten. Dat ik me te veel met jou bemoei, of dat Muriël te veel tijd nodig heeft om haar partij te leren, of dat je zin hebt in een sigaret, of in een biertje, of in een boterham met kaas. Allemaal gedachten die komen om het gevoel van weerstand te verklaren. Maar waar het echt om gaat is het gevoel. Het gevoel van weerstand, en daaronder het gevoel van angst. Als je daar contact mee kan maken, begrijp je pas waar je weerstand vandaan komt. Dan kun je je wonden helen. Dan kun je je openen. Dan kom je verder. Maar dan moet je wel je gedachten even loslaten om het gevoel een kans te geven.'

Petrus heeft het geprobeerd, hij heeft het echt geprobeerd, om zijn gedachten los te laten. Maar het zijn er te veel. Te veel gedachten over waarom hij hier nu ligt, zonder bewegingsvrijheid, zonder daglicht, met als enige lichtpuntje het feit dat hij twee keer per dag naar buiten mag om te roken. Te veel gedachten over schuld. Iemand moet er de schuld van krijgen dat hij is beschuldigd van iets wat zeker weten zijn schuld niet is; dat hij ten onrechte is opgesloten en alleen gelaten met zichzelf. Maar wie? Heen en weer kaatsen zijn gedachten, van Melodie naar Muriël naar Elisabeth naar de maatschappij naar Maruko naar de vrouw in de verhoorkamer die hem zo vol ongeloof had aangekeken omdat hij niets had gedacht, en terug naar Melodie.

Op Melodie had hij vertrouwd. Hadden ze allemaal vertrouwd. Als zij niet wist wat goed was voor haar zus, hoe had hij dat dan moeten weten? Als zij niet had gezien dat Elisabeth hulp nodig had, hoe had hij dat dan moeten zien? Als zij niet had bedacht dat je de dokter moet bellen als iemand ziek is, omdat je anders door de politie kunt worden meegenomen, hoe had hij dat dan moeten bedenken? En waarom zit híj dan nu vast in een politiecel? Waarom kan hij niet naar buiten als hij dat wil? Moet hij in zijn eentje afwachten tot er iets gebeurt, terwijl Melodie heel goed weet dat zijn emoties altijd naar binnen slaan als hij te lang alleen is. Zij is degene die hem daarop heeft gewezen, dus waarom heeft ze er dan nu niet voor gezorgd dat hij naar huis mag? Waarom heeft zij niet zelf de verantwoordelijkheid op zich genomen, zodat hij en Muriël de zaak thuis hadden kunnen afwachten? En Muriël is ook een mooie. Waarom heeft zij eigenlijk zo weinig gezegd die avond? Altijd is ze aan het praten, of aan het neuriën, of aan het zingen, of wat daarvoor door moet gaan, met die gekmakende bibberige stem van haar, maar toen Elisabeth stervend op bed lag had Muriël Melodie alleen maar één vraag gesteld en daarna gezwegen.

'Uw huisgenoot ligt onder uw ogen dood te gaan en u denkt niets?' Hij is benieuwd welk antwoord Melodie en Muriël daarop zouden geven.

En dan Elisabeth zelf. Duwend tegen de steeds zwaarder wordende hooibaal die symbool moet staan voor ons, bedenkt hij dat Elisabeth eigenlijk altijd al een blok aan het been van de woongroep was. In al die jaren heeft hij Elisabeth nauwelijks leren kennen, en dat komt, denkt hij, doordat Elisabeth nooit een volwaardig lid van hun groep is geweest, maar meer iemand die ze er uit zorgzaamheid bij hadden genomen, deels omdat ze de zus was van Melodie, deels omdat ze een gezonde sociale omgeving nodig had; mensen met wie ze kon praten en die haar gezelschap konden houden, en daarom is het extra zuur dat degenen die hem en zijn huisgenoten hebben opgepakt totaal geen oog hebben voor het falen van de maatschappij, die Elisabeth zo heeft beschadigd, die haar doodziek heeft gemaakt, wat de woongroep zo goed en zo kwaad als het kon heeft opgevangen. Met als gevolg dat zij nu tot zondebok worden gemaakt, alsof het hún schuld was dat Elisabeth het door alle dingen die ze heeft meegemaakt ten slotte allemaal niet meer trok. Alsof de woongroep de óórzaak van haar problemen is geweest, in plaats van de steunpilaar die haar al die jaren overeind heeft gehouden, terwijl ze al zo lang op omvallen stond. En zo worden in dit kapitalistische neoliberale systeem alle schuldvragen de verkeerde kant op gedraaid, denkt Petrus, met zijn vuisten het hooi in zijn hoofd bewerkend, dat blijkt ook wel uit het feit dat de rechercheurs alleen maar vragen stelden over hun leven in de woongroep en niets wilden weten over alle andere dingen die Elisabeth had meegemaakt, dingen waar hij zelf niet veel van afweet, maar waar Melodie het vaak genoeg over heeft gehad, die in ieder geval met hun gezin te maken hadden en haar zo kwetsbaar hadden gemaakt dat ze uiteindelijk geen energie meer overhad om te blijven leven. Een maatschappij die zo met het overlijden van een beschadigd persoon omgaat, is zélf ziek, denkt hij, en in zijn verbeelding geeft hij het hooi een paar knietjes, maar het helpt niet; nog steeds als hij zijn ogen opendoet ligt hij alleen in een heel klein kamertje waarvan de muren langzaam naar hem toe lijken te kantelen, en nog steeds voelt hij ons gewicht zwaar op zijn borst drukken, hoe langzaam en diep hij ook ademt, zoals hij dat van Maruko heeft geleerd, de man van het negendagenproces, die hij altijd erg bewonderd heeft, maar nu Petrus zo diep in ons zit ingegraven dat hij bijna niet meer kan ademhalen herinnert hij zich dat hij bij de geleide meditaties van Maruko wel vaker het gevoel kreeg dat hij stikte, omdat Maruko altijd zei dat je moest wachten tot de uitademing tegen de inademing botste, wat Petrus nooit helemaal had begrepen, zodat hij steeds te lang wachtte met inademen en hij elke keer bijna zat te hyperventileren. En in die tijd, toen ze het negendagenproces doorliepen, maar ook daarna, als ze de audio-opnames terugluisterden, had hij altijd gedacht dat dat aan hem lag, dat hij iets fout deed. Maar nu Elisabeth is doodgegaan begint hij te vermoeden dat Maruko zelf niet te vertrouwen is. Want Maruko beweert dat iedereen die dat wil in staat is voedsel los te laten, maar als je kijkt naar hoeveel mensen het uiteindelijk is gelukt, zie je dat zoiets maar voor een paar uitzonderlijk gedreven mensen is weggelegd; voor mensen zoals Maruko, en misschien in de toekomst voor Petrus zelf, als hij blijft oefenen, en mogelijk ook voor Melodie, maar lang niet voor iedereen, zodat het levensgevaarlijk is om iedereen maar te beloven dat ze dit pad met succes kunnen bewandelen, en de enige drijfveer om zoiets te doen die Petrus kan bedenken is hebzucht, want het was helemaal niet goedkoop geweest het negendagenproces te doorlopen onder begeleiding van Maruko, ze hadden er lang voor moeten sparen, en hoe meer mensen meededen, hoe rijker Maruko werd, en die dingen waren hem ook wel opgevallen toen ze zich net in lichtvoeding begonnen te verdiepen, maar toch was hij het met Melodie en Muriël eens geweest dat het de investering dubbel en dwars waard was; dat al die boeken en programma's misschien wel duur waren, maar je er een onbetaalbare hoeveelheid vrijheid mee kon winnen, terwijl hij nu, nu hij helemaal alleen in een veel te kleine ruimte ligt met een grote onzichtbare adem ontnemende hooibaal over zich heen, moet constateren dat hij geen vrijheid heeft gewonnen maar juist verloren, en die gedachte maakt hem zo boos dat hij recht overeind gaat zitten.

'Rustig, Petrus, rustig ademhalen,' hoort hij Melodie in gedachten zeggen. 'Laat het maar komen. Laat de weerstand maar toe.'

Maar we zijn te veel, we zijn te groot. Het bloed stijgt naar zijn hoofd, zijn spieren spannen zich aan, en dit is het moment waarop Melodie normaal zou zeggen dat hij misschien beter even naar buiten kan gaan om af te koelen en de woede uit zijn lijf te lopen, maar dat kan niet, hij kan niet naar buiten, en omdat hij het toch wil staat hij op en begint tegen de deur te duwen, met zijn handen, zijn schouders, zijn rug. Hij duwt en duwt en duwt. Hij stampt, hij beukt, hij trapt. Hij schreeuwt.

'Laat me eruit! Godverdomme. Laat me er godverdomme uit.'

Hij stompt met zijn vuist tegen de deur, drie keer, vier

keer, tot zijn hand begint te bloeden. En dan huilt hij. En dan ligt hij op de grond. En dan zijn we verdwenen. Opgelost. Petrus geeft zich over.

'Gaat het?' hoort hij Melodie vragen. 'Mag ik je hand pakken? Fijn dat je er weer bent, Petrus. Dat was heel pijnlijk wat er net gebeurde. Heel pijnlijk, voor ons allemaal. Dit gedrag zou niemand van jou accepteren. Deze agressie. Dat voelen wij allemaal heel diep, als je zo schreeuwt en stampt. Maar we houden van je, Petrus. Onvoorwaardelijk. We geloven in je. Jij bent niet jouw weerstand. Ik geloof in jou. Ik geloof in jouw potentie. Je bent er nog niet, maar samen gaan we er komen.'

En dan weet hij weer waarom hij bij Melodie is gaan wonen. Omdat zij de enige is die ermee om kan gaan als hij weer eens door ons wordt geplaagd. De enige die hem accepteert, met en zonder ons. De enige die hem wil, ondanks zijn wangedrag. Petrus brengt zijn gehavende hand naar zijn mond. Hij zuigt aan zijn knokkels. De smaak van zijn eigen bloed stelt hem gerust. Hij zou misschien weer op zijn matras moeten gaan liggen. Maar met ons is ook alle energie uit hem verdwenen, en dus blijft hij liggen op de grond, en zijn ogen vallen dicht, en daar is Melodie weer, Melodie die met een megafoon bij de kop-van-jut staat en roept: 'Wij zijn liefde, wij zijn liefde,' en met een grote hamer slaat hij haar op haar hoofd, dat van haar romp afvalt en weg stuitert, terwijl uit haar hals grote golven sinaasappelsap naar buiten gulpen, en hij moet heel hoog springen om de sinaasappelstroom die op hem afkomt te ontwijken, zo hoog als het reuzenrad, en hangend in de lucht boven de kermis vraagt hij zich af of hij nu te pletter zal vallen in de hooiberg, maar het hoofd van Melodie zegt tegen hem van niet, want hij moet onthouden dat ze samen zijn, dat zij als enigen echt samen zijn, omdat ze echt contact met elkaar durven te maken, en samen ben je sterker dan alleen, toch Petrus, zegt ze, geef me nu je hart maar even, en hij wil al naar zijn hart reiken maar haar hoofd is veel te groot en haar stem is veel te hard, ze roept en schreeuwt als een dronkenman en met dat geluid wordt Petrus helemaal stijf van het op de grond liggen weer wakker; hij heeft geen idee hoe laat het is, maar kennelijk is er net een schreeuwende arrestant binnengebracht, en straks zal er ook wel weer iemand naar zijn cel komen om hem eten te geven, en wie weet mag hij dan nog een sigaret roken, nog ééntje, daar zal hij straks als hij weer thuis is wel weer mee stoppen, maar nu nog even niet, nu kan hij nog even niet zonder, zo helemaal alleen met zijn naar binnen slaande energie, maar dat zal Melodie wel begrijpen; ze heeft al zoveel dingen die hij heeft gedaan begrepen en vergeven, en hij neemt zich voor zichzelf daaraan te herinneren, de volgende keer dat hij ons voelt komen opzetten bij iets wat Melodie zegt of doet. Wij zijn tenslotte maar een gevoel, en alleen door ons te voelen en zijn gedachten over wat de anderen allemaal verkeerd doen los te laten, zal hij ons kunnen overwinnen.

21

Wij zijn voorlopige conclusies. In drievoud geprint en geniet liggen we op een grijs tafelblad onder een systeemplafond met heel veel kleine gaatjes erin, terwijl Liesbeth, Asif en Ton over ons vergaderen. Ton is aan het woord; al pratend besproeit hij ons met zijn speeksel, waarin nog wat flintertjes brood met ei van zijn ontbijt te bespeuren zijn, terwijl Asif, een beetje in gedachten, met zijn vingertoppen onze woorden streelt en Liesbeth zich volledig heeft geconcentreerd op de rechter bovenhoek van het bovenste A4-tje van haar exemplaar. Ze vouwt een heel klein hoekje om en strijkt met de bovenkant van haar nagel over de vouw om hem scherper te maken. Dan vouwt ze het hoekje weer open en maakt een nieuwe scherpe vouw vlak naast de eerste, en vlak daarnaast nog een, en nog een, tot ze een vouw heeft die precies langs de rechter bovenhoek van het tekstblok loopt, de laatste letter van onze eerste regel, de laatste n van aan, van 'Slachtoffer is 27 juli jl. dood in haar woning aangetroffen na een melding van overlijden aan'.

'Nou,' zegt Ton, die ons een uur geleden via de mail ontvangen heeft, maar nog geen tijd heeft gehad om ons te lezen, wat hij nu onder het praten ongemerkt alsnog probeert te doen, 'wel weer een bijzonder stelletje hoor, deze mensen. Het is natuurlijk onze taak niet, oordelen. Bijzondere keuzes maken is toegestaan. Maar als er iemand dood voor moet neervallen...'

Praatstoelgevalletje. Kom ter zake, zouden wij zeggen. Niet nodig om ons nog een keer in borreltafeltaal te gaan herhalen, Liesbeth heeft ons duidelijk genoeg opgeschreven. Maar sommige mensen kunnen de behoefte om te praten over wat al duidelijk is opgeschreven kennelijk moeilijk weerstaan.

'Maar goed,' zegt Ton, en hij slaat met zijn vlakke hand op onze voorkant, 'ter zake. Wat hebben we hier nu feitelijk?' Zijn ogen glijden over onze samenvatting. 'Ondervoeding vastgesteld, verslechterende gezondheid, twee tijdsspannen. Ja, goed dat jullie die twee tijdsspannen hebben bekeken. Verdachten weten het niet meer. Verzwakking is hun niet opgevallen. Tja.' Hij klakt met zijn tong. 'Da's toch wel jammer, hè, jongens.'

'Wat is jammer?' vraagt Liesbeth, terwijl ze met haar nagel heen en weer gaat over de laatste vouw die ze heeft gemaakt.

'Nou. Al dat werk dat jullie hierin hebben zitten.'

Liesbeth strijkt de omgevouwen hoek weer open. 'En wat zou daar jammer aan zijn?'

'Niets ten nadele van jullie werk, hè. Echt niet. Jullie hebben dit heel gedegen aangepakt. Ik had het zelf niet beter kunnen doen.'

'Maar?'

'Maar nou ja, al met al hebben jullie toch weinig bewijs kunnen vinden dat we hier te maken hebben met strafbare feiten. Hoe schrijnend het ook is. Je moet wel een heel gemotiveerde officier te pakken hebben, wil die hier een zaak in zien.'

Asif schraapt zijn keel. 'Wat niet wil zeggen dat het niets waard is dat wij de feiten over de zaak zo volledig in kaart hebben gebracht.' Hij kucht. 'Liesbeth dan vooral natuurlijk, ik heb alleen geholpen met de verhoren. En ik was wel erg onder de indruk van haar grondigheid. Heel leerzaam vond ik dat, Liesbeth. Dat wilde ik nog tegen je zeggen.'

'Ja, onze Lies is wel een bijtertje, hè?'

'En hoe dan ook denk ik dat we de verdachten zeker aan het denken hebben gezet. Ik zag echt wel wat kwartjes vallen tijdens onze gesprekken. En dat hoort strikt genomen misschien niet bij onze taakomschrijving, maar –'

'Dat is mooi, Asif, maar wij zijn geen maatschappelijk werkers. Wij zijn onderzoekers. Wij zijn waarheidsvinders. En als ik zie hoeveel werk jullie, en vooral Liesbeth dus, in deze zaak hebben gestoken, dan denk ik gewoon: dat is jammer. Dat is gewoon jammer, dat jullie al dat werk doen en dat er dan nauwelijks harde feiten naar boven komen waar je een zaak op kan bouwen.'

'Hm, hm,' zegt Liesbeth, die nu heel langzaam het hoekje van het bovenste A4-tje langs de diep ingestreken vouw probeert af te scheuren.

'En ook omdat ikzelf vanaf het begin al heb gezegd dat dit een lastige zaak zou worden. Om echt iets van strafbaarheid te bewijzen bedoel ik. Als het uiteindelijk moet aankomen op de vraag of mensen hádden moeten bedenken dat ze medische hulp moesten inschakelen. Waarbij je dan ook nog zo afhankelijk bent van getuigenverklaringen. Dan heb je wel veel harde noten om te kraken.'

'Als justitie besluit hiermee verder te gaan, zouden ze getuige-deskundigen kunnen raadplegen,' zegt Liesbeth. Het hoekje is nu bijna los.

Ton leunt achterover en vouwt zijn handen om zijn achterhoofd. 'En die zouden dan moeten verklaren dat die mensen hadden moeten bedenken dat het niet goed ging met hun huisgenoot? Wat voor deskundige zou dat dan moeten zijn? Een arts? Een psycholoog?'

Liesbeth rolt het losgetrokken driehoekje papier op tussen haar vingers. 'We hebben het bewijs dat ondervoeding de doodsoorzaak was. En we hebben het bewijs dat de verdachten al hun tijd doorbrachten met het slachtoffer, tot aan het moment dat ze stierf,' zegt ze afgemeten. 'Dus dan is het verder aan justitie om te beoordelen of de verdachten hadden moeten inzien dat het slachtoffer ondervoed was, en of ze actie hadden moeten ondernemen. Ik zou zelf zeggen dat het verband tussen voeding en overleving wel als bekend mag worden verondersteld.'

'Tegelijkertijd zijn het wel heel kwetsbare mensen,' zegt Asif.

'Kwetsbaar, ja,' knikt Ton. 'Knettergek dus eigenlijk.'

'Nee,' zegt Asif, 'niet gek. Kwetsbaar. Ik weet dat jullie dat allemaal maar onzin vinden, maar dat is het niet. Deze mensen hebben één of mogelijk meerdere psychiatrische aandoeningen waardoor hun vermogen om mee te draaien in deze samenleving is verstoord. En misschien zou het beter zijn als deze mensen meer hulp kregen. Maar in zo'n wereld leven we nu eenmaal niet. Dus dan is het minste wat wij kunnen doen toch wel om hun beperkingen serieus te nemen.'

Ton steekt zijn handen in de lucht. 'Sorry, Asif. Ik wist niet dat je kwaad werd. Ik maakte een grapje. Het mag ook wel een beetje luchtig blijven af en toe, toch? Wat jij, Lies?'

'*Whatever*, Ton,' antwoordt Liesbeth.

'Oké. Waar waren we? Het advies aan de officier. Ik zou zelf een beetje behoudend zijn. Je hebt daar toch veel van die jonge dames met te veel ambitie zitten tegenwoordig. Daar is deze zaak ook wel een bewijs van. Ik bedoel, je kan je afvragen of we dit hele onderzoek wel hadden moeten opstarten. Want ik leg er een wedje op dat er verder niets meer mee gedaan gaat worden. Dit blijft anderhalf jaar op een stapel liggen, zo'n zakenwegwerkjurist kijkt er even naar en het is van tafel – te ingewikkeld, te weinig kans van slagen, winst voor de samenleving minimaal. Baf, weer een zaakje minder op de lijst. Lang leve het efficiëntiedenken.' En hij schuift ons met een achteloos gebaar van zich af.

Asif trommelt met zijn vingers op het tafelblad.

'Of klink ik nu te cynisch?' vraagt Ton. 'Ik loop natuurlijk al wat langer rond. Ik bedoel, ik vind het prachtige conclusies. Fantastisch verwoord. Goed onderbouwd. Maar het vervolg ziet er niet hoopvol uit. Al dat werk. Sorry dat ik het zeg. Jullie hebben het echt goed gedaan. Maar al dat werk. Voor niets eigenlijk, toch? Voor niets. Al jullie goede werk. En dat had de officier als je terugkijkt ook van tevoren kunnen inschatten.'

'Ja,' zegt Liesbeth, en ze ademt diep in door haar neus. 'Dank je Ton, voor deze verbluffende analyse van ons onderzoek. Heel fijn. Ik ga zo bellen met de officier. Heenzenden?'

'Heenzenden. De arrestantenbewaarders worden gek van die vrouw. Ze blijft maar om biologische groenten vragen. Geef hun maar een paar schreeuwende stelende junks. Veel gezelliger. We zijn een politiebureau, geen gekkenhuis.' Hij veegt over zijn voorhoofd. 'Sjongejongejonge. Wat een zaak. Stelletje anorexialijers.'

'Oké, Ton,' zegt Liesbeth. Ze schuift haar stoel naar achteren en grist haar exemplaar van onze tekst van tafel. Haar nog halfvolle koffiebekertje valt om en de inhoud stroomt over de tafel, op de broek van Asif, en Liesbeth loopt de kamer uit.

'Hé,' zegt Ton. 'Liesbeth?'

Asif schudt zijn hoofd. 'Lekker bezig hoor, Ton.'

'Ik? Ik heb toch geen koffie over je broek gegooid?'

'Het kan iets tactischer, hè. Ze heeft het al zo zwaar met haar dochter. Waarom denk je dat deze zaak zo belangrijk voor haar is?'

'Haar dochter? Wat is daar dan mee?'

Asif staat op en veegt over zijn broek. 'Ongelofelijk dit. Hoelang werken jij en "Lies" al samen zei je? Ga dat maar aan haar vragen, wat er met haar dochter is. Dat noemt zich collega. Maak jij dit even schoon verder?'

En terwijl Asif wegloopt en Ton in zijn eentje achterblijft, spreken wij graag nog even voor onszelf.

Slachtoffer is 27 juli jl. dood in haar woning aangetroffen na een melding van overlijden aan de huisartsenpost. Na lichamelijk onderzoek heeft de waarnemend huisarts de zaak gemeld bij de gemeentelijk lijkschouwer, omdat een natuurlijke dood niet kon worden vastgesteld. Deze heeft de zaak gemeld bij de Districtsrecherche, die ter plaatse is gegaan en de drie huisgenoten van het slachtoffer heeft gearresteerd op verdenking van dood door schuld, artikel 307 van het Wetboek van Strafrecht.

Forensisch anatomisch onderzoek aan het stoffelijk overschot heeft uitgewezen dat het slachtoffer door ondervoeding is overleden. Het onderzoeksteam heeft zich gericht op de vraag of het de drie verdachten, die aanwezig waren bij het overlijden en ook met haar samenwoonden in de periode voorafgaand aan haar dood, aangerekend kan worden dat zij hebben nagelaten haar verslechterende toestand te signaleren en de nodige medische hulp in te schakelen. Hierbij zijn twee tijdsspannen voorafgaand aan het overlijden nader onderzocht.

Ten eerste de periode van een aantal weken voor het overlijden van het slachtoffer, waarin haar gezondheid waarneembaar achteruit moet zijn gegaan. Vastgesteld is dat verdachten diverse tekenen hadden kunnen waarnemen die op een verslechterende gezondheid duidden, maar dat zij die tekenen niet als zodanig herkend zeggen te hebben. Tekenen waarvan bevestigd werd dat ze zijn waargenomen, werden volgens verdachten op dat moment niet in verband gebracht met ondervoeding. Genoemd zijn onder andere toegenomen vermoeidheid en minder spraakzaamheid. Verdachte Melodie van H., tevens de zus van het slachtoffer, verklaart dat ze dacht dat dit te wijten was aan een drukker en veeleisender schema door het dagelijkse bezoek aan het verpleeghuis van hun demente moeder, en ook de emotionele last die daarmee gepaard ging. Verdachte Petrus Z. verklaart dat hij er niet over heeft nagedacht. Verdachte Muriël de V. verklaart dat ze het niet precies meer weet. Alle drie de verdachten verklaren dat hun huisgenoot altijd al 'zwak' was en 'hulp en ondersteuning nodig had' [citaat Melodie van H.], waardoor de tekenen van lichamelijke verzwakking hun mogelijk niet zijn opgevallen.

Tweede tijdsspanne waarop het onderzoek zich heeft geconcentreerd is de avond van het overlijden. Vastgesteld is dat overledene te kennen heeft gegeven dat zij 'erg moe was' en 'niet meer kon'. Verdachten verklaren niet op het idee te zijn gekomen medische hulp in te schakelen. Zij geven hiervoor verschillende redenen. Melodie van H. verklaart dat het een proces was dat ze graag ruimte wilde geven, waarbij ze niet bezig was met de mogelijke uitkomst dat haar zus zou overlijden. Zij verklaart verder dat haar zus klaar was voor de volgende stap en dat zij het overlijden niet als een negatieve gebeurtenis ziet. Petrus Z. verklaart dat hij aanwezig probeerde te zijn in het moment en dat hij niet aan ingrijpen heeft gedacht. Muriël de V. verklaart dat zij het zich niet kan herinneren.

De drie verdachten lijken geen gevaar te vormen voor de samenleving en kunnen worden heengezonden.

In de overweging om wel of niet te vervolgen kan nagedacht worden over de vraag of de verdachten verweten kan worden dat zij niet aan medisch ingrijpen hebben gedacht, aangezien het bewustzijn van de noodzaak daartoe redelijkerwijze van hen had kunnen worden verwacht. Hierbij moet ook de psychische kwetsbaarheid van de verdachten in ogenschouw worden genomen.

22

Wij zijn een pen, een gloednieuwe witte pen met het logo van de politie op de zijkant. Sinds gisterochtend liggen we samen met een stapeltje ongelinieerd A4-papier op het tafeltje in de cel van een bezorgde vrouw te wachten tot ze iets met ons gaat doen. Voordat we hier terechtkwamen lagen we al maanden in een grote bak, samen met honderden andere identieke pennen, tot we eruit werden gehaald en verplaatst naar een bakje met wat potloden en een paar oudere, meer ervaren pennen, en nu ziet het er dan eindelijk naar uit dat we zullen gaan doen waar we ons al ons hele korte leven op hebben voorbereid. Schrijven. Door iemand tussen duim, wijsvinger en middelvinger worden genomen, op een stuk papier worden geplaatst en dan samen met de schrijver woorden maken, en misschien wel zinnen, al is dat laatste volgens de oudere pennen niet meer zo gangbaar; daar gebruiken mensen tegenwoordig liever hun computer voor, of hun telefoon, wat de ouderen eeuwig zonde vinden, een verlies voor mens en pen, want de pen is het meest directe medium tussen de mens en de tekst, zeggen zij, het enige medium waarbij je aan de woorden niet alleen de inhoud kunt aflezen van wat er is geschreven, maar ook hoe het werd opgeschreven, dat wil zeggen op welke exacte manier de schrijver de pen over het papier liet glijden, haastig of langzaam, aarzelend of zelfverzekerd, slordig of precies, zodat het toch een groot verlies is dat de pen vandaag de dag grotendeels veroordeeld is tot het schrijven van boodschappen- en takenlijstjes, terwijl de echt belangrijke teksten, zoals brieven en zelfs kattebelletjes, worden uitbesteed aan van die afstandelijke apparaten.

Kattebelletjes. Als nieuwkomer hebben wij er nog niet echt een mening over, over die apparaten, maar kattebelletje is een leuk woord. We hopen dat we een kattebelletje gaan schrijven. Of een brief, want een brief is heel lang, hebben we ons laten vertellen, en als hij klaar is gaat hij ergens naartoe, en wij zelf dus ook een beetje, in ieder geval de inkt die uit ons is gekomen, en dan gaat iemand anders er tijd aan besteden om hem te lezen. Een brief of een kattebelletje lijkt ons het mooiste. Een van die twee.

Onze eerste keer wordt het, als het er ooit nog van gaat komen, want die vrouw vindt het zo te zien allemaal nog spannender dan wij. Ze heeft ons al een paar keer opgepakt, en één keer bracht ze zelfs onze punt al tot vlak bij het papier, maar daarna legde ze ons toch weer neer en ging terug naar haar bed om met haar ogen dicht in kleermakerszit te zitten. Nu zit ze ook zo, leunend tegen de wand van de cel, met haar ogen dicht, en met haar handen wrijft ze over haar buik. We horen haar diep ademhalen en dan spert ze haar ogen wijd open en zegt: 'Oké. Oké, Muriël.'

Ze laat zich van het bed afglijden en kruipt op haar knieën naar het tafeltje waarop we liggen. Het is te laag en te klein om echt serieus te kunnen schrijven, dus een brief zal het wel niet worden, als het al iets wordt. Weer worden we opgepakt; met haar zweterige vingers, de zijkant van haar middelvinger aan de onderkant, de duim en wijsvinger van opzij, houdt ze ons krampachtig vast. En dan gebeurt het wonder. Onze punt raakt het papier, en we beginnen voorzichtig te glijden, een spoor van donkerblauwe balpeninkt achterlatend op het witte vlak. We maken woorden, met keurig aan elkaar geschreven letters.

Lieve pap en mam,

Ik schrijf jullie

Een brief! Yes! Een brief. Aan haar vader en moeder nog wel. Onze allereerste keer en er wordt meteen een brief met ons geschreven.

Maar we juichen te vroeg. De zin gaat niet verder. Ze schuift het blaadje met de eerste woorden onder de stapel en begint opnieuw, nu in een ander handschrift, groter en ronder, met letters die losstaan van elkaar.

Dingen die mij voeden

Ze trekt een streep onder die woorden. 'Dingen die mij voeden.' Toch een recept? Of een boodschappenlijstje?

Dingen die mij voeden

1. *Mezelf serieus nemen*
2. *Mijn gevoel voelen*
3. *Onafhankelijk zijn van mijn ouders*
4. *Zingen met anderen*

Dit is allemaal nog vrij nieuw voor ons, dit schrijven van lijstjes, maar wij dachten niet dat die dingen die zij opschrijft eetbaar zijn. Of dat je ze kunt kopen in een winkel. Misschien is het dan toch een soort takenlijst.

5. *Nadenken over wat goed is (voor mezelf en de wereld)*
6. *Liefde geven en ontvangen*
7. *Open zijn over mijn emoties*
8. *Mijn vleugels openvouwen en wegvliegen*

Ze haalt diep adem. 'Ja,' zegt ze hardop, 'ik mag er zijn. Ik maak mijn eigen keuzes. Ik ben licht.' Ze sluit haar ogen en ademt drie keer in en uit. 'Ik ben licht.'

Ze veegt haar hand af aan haar broek, wat geen overbodige luxe is, want haar vingers zijn zo glibberig dat we er steeds bijna tussenuit glijden.

Dingen die mij niet voeden

Waarom zou ze die noteren, dingen die haar niet voeden? Die kan ze toch gewoon niet kopen? Of niet doen? Daar heeft ze toch geen lijstje voor nodig?

1. *Herhalende negatieve gedachten*
2. *Denken dat ik honger heb*
3. *Schuldgevoel*
4. *Bossche bollen*
5. *Frambozentaart met bakkersroom en doorzichtige gelei*
6. *Haring met uitjes*
7. *Gedachten aan eten*
8. *Calorie-inname en -verbruik uitrekenen in mijn hoofd*
9. *Mezelf wakker houden met gedachten aan eten*
10. *Brood met hagelslag en kaas*
11. *Bang zijn dat ik doodga als ik niet genoeg eet*
12. *Angst*

Gek, hier staan dan wel weer dingen op die je in een winkel kan kopen, maar dat is ze dus niet van plan. En kennelijk heeft ze zelf ook in de gaten dat dit een beetje vreemd is, zo'n omgekeerd boodschappenlijstje, want nu zet ze er met felle krassen een kruis door. Wat voor ons ook weer een heel nieuwe ervaring is, krassen, woordeloze diepe strepen maken, heen en weer en heen en weer, zonder omwegen. En alsof ze geschrokken is van het krassen, alsof ze iets goed wil maken, tekent ze bij het lijstje van dingen die haar voeden een paar bibberige hartjes en bloemetjes. Dan legt ze het vel papier met de twee lijstjes op de grond en schrijft op een nieuw blaadje verder.

Voedende affirmaties
Ik ben licht
Ik zing vanuit mijn hart
Ik vouw mijn vleugels open en vlieg weg
Alles wat ik nodig heb, is er al
Alles wat ik nodig heb, is er al
Ik heb alles wat ik nodig heb

Ze pakt het papier met de voedende affirmaties, wat dat ook mogen zijn, en gaat op haar bed zitten. Hardop begint ze de zinnetjes voor te lezen, maar aan haar stem is te horen dat ze elk moment in huilen kan uitbarsten, en als ze bij 'Ik zing vanuit mijn hart' is aangekomen beginnen de tranen te stromen.

Emoties kunnen voorkomen als iemand gaat schrijven, daar waren we wel op voorbereid, maar dit komt als een verrassing, dat ze zo van slag raakt door die zinnetjes, die toch best positief klinken. Misschien hebben ze een diepere betekenis. Misschien is dit een gedicht, dat hoor je ook wel, dat mensen gedichten schrijven die niet rijmen. Of het is een soort smartlap, maar dan zonder de muziek.

'Alles wat ik nodig heb, is er al,' zegt ze snotterend. 'Alles wat ik nodig heb, is er al. Ik heb alles wat ik nodig heb.'

Door het herhalen van de zinnetjes begint ze nog harder te huilen. Ze schudt en schokt als een klein kind, en we denken zelfs even dat we haar 'mama' horen zeggen, wat geen gekke gedachte blijkt te zijn, want zodra ze weer een beetje gekalmeerd is kruipt ze terug naar het tafeltje en pakt het onderste blaadje – de brief ja, dat was de brief – weer van de stapel.

Lieve pap en mam,

Ik schrijf jullie

En ze schrijft, in hetzelfde vloeiende langzame handschrift als in het begin, af en toe even stilhoudend, met onze punt nog op het papier, en dan weer snel verder schrijvend. Nog even en onze eerste brief is een feit.

deze brief in de politiecel. Mijn huisgenoten en ik zijn aangehouden op verdenking van dood door schuld, omdat Elisabeth is overleden. De politie zegt dat dit door ondervoeding komt. Ik weet dat wij de laatste keer dat ik langskwam ruzie hadden over dat ik zo dun was. En ik denk dat het ook het beste was voor jullie maar ook voor mij om jullie daarna even niet meer te zien. Want ik geloofde wel echt dat dit een goed pad voor mij was en het was niet leuk dat jullie mij daar niet bij konden steunen, voor mij niet maar voor jullie ook niet. En ik weet ook niet hoe dit allemaal heeft kunnen gebeuren. De politie zegt dat wij eerder hadden kunnen zien dat het niet goed ging met Elisabeth. En ik had zelf ook al wel uitgerekend dat wij allemaal waarschijnlijk energie tekortkwamen toen we begonnen om iedere dag naar de moeder van Melodie en Elisabeth te gaan. Want zij is een tijdje geleden in een verzorgingshuis opgenomen en wij wilden graag zo veel mogelijk bij haar zijn omdat de zorg van het tehuis niet zo goed was. Maar dit was waarschijnlijk voor Elisabeth een beetje te veel van het goede. Achteraf gezien denk ik dat zij en ik niet helemaal klaar waren voor het loslaten van voedsel. En ik denk dat jullie dat misschien ook wel goed hebben gezien toen ik die laatste keer bij jullie was. En wat nu wel heel verdrietig is, is dat Elisabeth is doodgegaan. Misschien is het op een bepaalde manier wel het beste voor haar, want ze leek altijd heel ongelukkig. Maar ik vraag me zelf wel af of we het hadden kunnen voorkomen. Die avond dat ze doodging dacht ik er nog wel aan om een ambulance te bellen maar dat durfde ik niet te zeggen, en toen even later was het al te laat. En het had ook wel iets moois. Het was heel vredig hoe ze doodging, dat was wel echt zo. Maar toen kwam de arts, die wij niet kenden want onze gewone huisarts kon niet opgeroepen worden, en die vond het niet normaal overkomen allemaal en toen kwam de politie en nu zit ik dus hier. En ben ik zelf ook erg gaan twijfelen over alles. En ik weet niet precies wat ik wil met deze brief maar

Ze stopt even en dan, zonder aankondiging, steekt ze onze achterkant zomaar in haar mond en begint ze met haar tong rondjes om ons heen te draaien. Dit is dus wat ze bedoelden met andere dingen, dat je niet alleen gebruikt wordt om te schrijven maar ook om andere dingen mee te doen. Klikken, friemelen, bijten, sabbelen. Het voelt wat onwennig, maar zeker niet onaangenaam.

ik wil in ieder geval mijn excuses aan jullie aanbieden, want ik denk dat jullie wel teleurgesteld in mij zullen zijn door alles wat er is gebeurd. En het is ook jammer dat we elkaar daardoor nooit meer zien. Maar ik wil ook zeggen dat het allemaal niet met opzet was! En als jullie het ook willen kunnen we misschien een keer afspreken om te praten. Want ik heb ook wel wat inzichten gekregen over vroeger en dat is denk ik ook goed om te delen.

Groetjes

Ze houdt even in en knijpt in onze punt. Haar vingers zijn weer helemaal zweterig geworden.

en een knuffel van jullie dochter Muriël

En dit papier neemt de vrouw, jullie dochter Muriël, niet mee naar haar bed, maar ze laat het samen met ons op het tafeltje liggen, terwijl ze zich uitstrekt op haar bed, waarschijnlijk om uit te rusten van het schrijven. Zachtjes begint ze te neuriën, eerst nog een beetje zoekend, maar na een tijdje begint zich een melodie te vormen en als de melodie er eenmaal is, komen er ook woorden. '*Komt vrienden in het rohonde, minnaars van enen stiel, ik zal u gaan verkohonden hoe ik door 't slijperswiel, de kost verdien voor vrouw en kind, schoon blootgesteld aan weer en wind. Terlierelom terla, van linksom rechtsom draait mijne steen door het roeren van mijn been jujujujujujujuuu.*' En zo zingend blijft ze een tijdje liggen, met haar handen de maat meetikkend op haar buik, en al klinkt het niet helemaal mooi, ze lijkt er wel plezier in te hebben, maar dan opeens klinkt er achter haar celdeur een hard geluid, en het gezang stokt in haar keel. Ze schiet overeind, grist de brief en alle andere papieren bij elkaar en schuift ze onder haar kussen. Zoekend kijkt ze haar cel rond, alsof ze vermoedt dat er iemand naar haar kijkt. Dan haalt ze de brief weer onder haar kussen vandaan en legt hem op de grond. Ze pakt ons van het tafeltje en begint te krassen, over alle mooie woorden heen die we samen hebben gemaakt. De zin over wat ze had uitgerekend maakt ze helemaal donkerblauw, en ook de twee zinnen waarin ze zich afvraagt of ze het hadden kunnen voorkomen, omdat ze nog wel aan een ambulance had gedacht, en de zin waarin ze schrijft dat ze over alles is gaan twijfelen. En nog een paar zinnen die achter de doorgekraste zinnen aan komen. Ze zucht een paar keer diep, vouwt de brief dubbel, en nog een keer, en nog een keer, en schuift hem in haar linker broekzak. Een nieuw, leeg velletje ligt nu boven op de stapel, en met onze achterkant tussen haar tanden geklemd kijkt ze naar het lege vel, en wij beginnen ons al af te vragen of ze misschien van de schrik een schrijfblokkade heeft opgelopen, maar dan neemt ze ons uit haar mond en begint te schrijven.

Lieve huisgenoten,

Ik wil graag iets aan jullie vertellen. De afgelopen dagen ben ik erg gaan twijfelen

Nog een brief. Onze eerste keer met Muriël en meteen twee brieven, twee mysterieuze boodschappenlijstjes, mondcontact en een gedicht dat haar laat huilen. Als we dit aan de anderen vertellen zullen ze ons niet willen geloven.

Ze draait ons een paar keer rond tussen haar tanden. Dan krast ze 'ben ik erg gaan twijfelen' door.

heb ik veel nagedacht.

De punt na 'nagedacht' verandert ze in een komma.

, en gemediteerd.

En die laatste punt krast ze ook door.

over hoe wij leven.

Ze houdt even stil. Dan tekent ze een omgekeerd dakje tussen 'wij' en 'leven' en daarboven voegt ze het woord 'samen' in, en tussen 'samen' en 'leven' komt ook weer een omgekeerd dakje, met 'willen' erboven en tot slot streept ze 'over hoe wij leven' helemaal door.

over hoe ik wil leven.

'Ja,' zegt ze. 'Hoe ik wil leven.'

Ik was erg geschrokken toen ik hoorde van de politie dat Elisabeth was doodgegaan door ondervoeding. Maar ik denk eigenlijk dat ik dit al wel een beetje had zien aankomen.

Deze brief lijkt nog wel moeilijker te zijn om te schrijven dan de vorige. Ze schrijft langzaam en ze duwt niet hard, en elke keer stopt ze om dingen te veranderen, ook nu weer. Ze haalt diep adem en leunt achterover. Dan schudt ze haar hoofd en krast de laatste zin helemaal door.

Dat had ik helemaal niet zien aankomen. Maar achteraf gezien vind ik het niet zo gek. Ons idee om van licht te gaan leven vond ik heel inspirerend. Het leek me heel fijn om nergens meer van afhankelijk te zijn.

Weer leunt ze achterover, en 'om nergens meer van afhankelijk te zijn' wordt doorgekrast.

om samen dat proces door te maken.

Ze gaat staan. 'Ik mag er zijn,' zegt ze hardop, terwijl ze ons tussen haar vingers laat ronddraaien. 'Ik mag er zijn. Ik mag er zijn. Ik mag er zijn.' En ze gaat weer zitten.

Maar om eerlijk te zijn ben ik bang dat ik het niet kan. Ik had namelijk bijna altijd honger en ik kon daar ook vaak niet van slapen. En ik denk dat Elisabeth misschien wel hetzelfde had. En ik wil jullie

Ze streept 'jullie' door en maakt er 'ons' van.

ons nergens de schuld van geven, maar ik denk wel dat we

'Nee,' zegt ze en de laatste zin verdwijnt onder een dikke laag inkt.

Dus achteraf vraag ik me toch af of onze manier van leven wel bij Elisabeth paste. Omdat ze er misschien nog niet echt klaar voor was. Of wat ik zelf heb, dat de gedachte dat je eten nodig hebt nog erg in de weg zit. En daarom ben ik me nu ook af gaan vragen of ik zelf wel in de groep pas. Want jullie twee kunnen er iets beter mee omgaan, heb ik het idee. Ik heb wel geprobeerd om van jullie te leren maar dat is toch elke keer niet gelukt. En nu Elisabeth dood is denk ik dat ik er niet klaar voor ben om ook dood te gaan. Daar ben ik nu wel bang voor geworden. En misschien zou ik daar ook veel van kunnen leren, maar ik ben toch bang dat ik dat niet kan.

'Nee,' zegt ze, ons bijna fijnknijpend. 'Nee. Dat kan ik echt niet.'

En daarom denk ik dat het misschien beter is als ik bij jullie wegga. Het spijt me wel heel erg en ik zal jullie ook missen want ik heb wel veel van jullie geleerd. Ik hoop dat jullie het begrijpen en dat we vrienden kunnen blijven. Ik wens jullie het allerbeste.

Liefs, Muriël

Ze zucht een paar keer. 'Ik mag er zijn. Ik mag er zijn. Ik mag er zijn,' zegt ze. Dan klemt ze ons weer tussen haar tanden, vouwt de brief een paar keer dubbel en laat hem in haar rechter broekzak verdwijnen. En waar het precies voor nodig is weten wij niet, maar opeens begint ze alle overgebleven lege vellen te verscheuren, eerst doormidden, en dan nog een keer doormidden, en nog een keer, net zolang tot er een bergje van kleine witte vierkantjes op haar tafeltje ligt.

Ze veegt de vierkantjes bij elkaar in haar handen, gooit ze in de lucht en laat ze op haar hoofd en haar schouders en haar in kleermakerszit gevouwen benen neerkomen, en zo, overdekt met kleine witte snippers, met ons in haar mond en in elke broekzak een opgevouwen brief, blijft ze zitten tot er iemand komt om te zeggen dat ze naar huis mag.

23

Wij zijn cognitieve dissonantie. Wij zijn de onaangename sensatie die u krijgt als de werkelijkheid niet consistent blijkt te zijn met uw overtuigingen. Als u op basis van uw eigen gedrag moet constateren dat u toch kleingeestiger, kleinzieliger en kleinzeriger bent dan u altijd dacht. Wij zijn de grimas die dan even over uw gezicht trekt, een paar seconden maar, tot u een verhaal heeft weten te verzinnen waarin u de feiten, of uw eigen verhouding daartoe, zo verdraait dat alles weer lijkt te kloppen. Wij zijn de vader en de moeder van uw zelfbedrog.

U hoeft zich daar niet voor te schamen, u bent de enige niet. Kijk maar naar Melodie. In de afgelopen dagen en nachten heeft haar brein overuren moeten draaien om alle feiten en vragen over hoe ze heeft gehandeld bij het overlijden van haar zus in harmonie te brengen met het beeld dat ze van zichzelf heeft. Gewapend met genoeg verhalen om niet alleen zichzelf maar ook haar huisgenoten ervan te overtuigen dat hun geen van drieën iets valt aan te rekenen, loopt ze met de arrestantenbewaarder door de lange gang van het cellencomplex. Aan de balie neemt ze de spullen die ze bij binnenkomst had ingeleverd in ontvangst: haar identiteitsbewijs, haar portemonnee, haar telefoon, de sleutels van haar huis. Van óns huis, corrigeert ze zichzelf, het is ons huis, en ze volgt haar begeleider nog meer gangen door en trappen af naar de wachtruimte op de begane grond, waar Muriël en Petrus op haar zitten te wachten.

'Eindelijk,' zegt ze. Ze loopt naar Muriël toe, slaat haar armen om haar heen en drukt haar tegen zich aan. 'Wat een nachtmerrie.'

Ze voelt hoe Muriël verstijft in haar omhelzing. Die is ook behoorlijk uit contact gegaan, zegt ze tegen zichzelf, en ze laat Muriël los om Petrus te omhelzen, bij wie ze dezelfde reactie waarneemt, en ook de geur van sigaretten.

'Eindelijk. Godzijdank. Wat een hel is dit geweest, wat een verschrikkelijke hel. Wat is er met je hand gebeurd?'

'Niets,' zegt Petrus. Hij kijkt naar zijn hand. 'Gestoten.'

'Gelukkig. Ik was even bang dat het je allemaal te veel was geworden zonder ons.' Melodie kijkt over haar schouder naar de arrestantenbewaarder. 'Kunnen we nu gaan?' vraagt ze.

'U kunt gaan ja. Een prettige dag nog verder.' De man draait zich om en loopt weg.

'Ongelofelijk toch, deze behandeling. Alsof we criminelen zijn. Gaan jullie mee?'

Muriël en Petrus staan op. Achter elkaar lopen ze de draaideur door naar buiten en blijven even staan, knijpend met hun ogen tegen het felle daglicht.

'Ah. Licht. Eindelijk. Dit is thuiskomen. Dit is gewoon al thuiskomen, vinden jullie niet? De lucht, het licht, jullie, wij. Wat heerlijk. Vinden jullie niet?'

'Ja,' zegt Muriël. 'Fijn ja.'

Ze beginnen te lopen.

'Wat een hel is dit geweest, wat een hel. Hoe ze ons onder druk hebben gezet, over de rug van Elisabeth. De leugens. De manipulatie. Ik heb er geen woorden voor. Ik heb er gewoon geen woorden voor.' Hoofdschuddend loopt Melodie tussen de andere twee in. 'Maar gelukkig zijn wij sterker. Dat is het belangrijkste, dat wij samen sterk zijn. Samen zijn we zo sterk! Zelfs als we niet bij elkaar zijn. Telkens als ik erdoorheen zat voelde ik jullie, voelde ik jullie steun. Dat hebben we toch maar opgebouwd samen.' Ze kijkt van Petrus naar Muriël en terug. 'Wij hebben elkaar. Dat maakt ons supersterk. Toch? Hadden jullie dat gevoel niet ook, dat we elkaar hielpen, ook al waren we niet samen?'

En nu beginnen wij ook bij Muriël en Petrus de radertjes van het zelfbedrog in gang te zetten. Geen van beiden hebben ze in de afgelopen dagen het gevoel gehad dat ze samen waren met de anderen. Ze voelden zich alleen en afgescheiden. Maar nu realiseren ze zich dat dat gevoel niet past bij een bewoner van Woongroep Klank en Liefde, en snel beginnen ze hun herinneringen aan hun ervaringen in de cel te redigeren.

'Ja, dat had ik ook,' zegt Muriël terwijl ze zich de momenten dat ze probeerde te zingen en te mediteren om zichzelf te troosten voor de geest haalt. 'Niet zo sterk als jij, denk ik, maar als ik mediteerde of affirmaties deed dan voelde ik wel zoiets.'

'Ik heb ook wel veel aan jullie gedacht, ja,' zegt Petrus naar waarheid. Hij veegt het zweet van zijn voorhoofd.

Melodie knikt, haar wenkbrauwen hoog opgetrokken. 'Ja, ja. Ik had natuurlijk ook mijn moeilijke momenten. Dat ik jullie weleens even vergat. Maar zodra ik weer in contact kwam met mezelf voelde ik meteen weer jullie aanwezigheid. Heel bijzonder. Mooi dat jij ook nog gemediteerd hebt, Muriël. Heel knap. In die omstandigheden.'

Ze slaan de hoek om en wandelen over de stoep langs een druk fietspad in de richting van de spoortunnel.

'En dat eten. Allemaal bespoten en bewerkt. Ik heb maar helemaal niets gegeten, alleen wat water gedronken. Ik denk dat ik echt ziek zou zijn geworden. Wat een trauma is dit geweest, wat een verschrikkelijk trauma. Na alles wat ik voor haar heb gedaan. Wat wij hebben gedaan.'

De andere twee zwijgen.

'Zo pijnlijk hoe ze ons verhaal verdraaiden. Zo pijnlijk. Dat ze deden alsof wij helemaal niets meer aten. Alsof wij Elisabeth hadden laten verhongeren.'

Bij de ingang van de tunnel wordt het voetpad te smal voor hun drieën. Melodie versnelt haar pas en loopt voor Muriël en Petrus uit. Zich half omdraaiend zegt ze: 'Het was bijna niet uit te leggen. In het begin dachten ze de hele tijd dat wij helemaal niet meer aten. En dat een van ons bepaalde hoeveel we aten en wanneer. Ik heb daar echt veel energie in moeten steken om dat goed uit te leggen. Dat we allemaal zelf keken waar onze grenzen lagen.'

Ze wandelen de tunnel uit, terug het felle zonlicht in. Haar armen wijd uitspreidend staat Melodie even stil. 'Wat is dit genieten. Wat heb ik dit gemist.' Ze begint weer te lopen, nu achteruit, met haar gezicht naar haar twee huisgenoten. 'Ik voel me helemaal volstromen met energie. Jullie niet?'

Muriël en Petrus knikken. Ze lopen langzaam, een beetje voorovergebogen, als twee bejaarden op hun dagelijkse schuifelwandeling naar de supermarkt.

'Wat een uitputtingsslag is dit geweest,' zegt Melodie. 'Zijn jullie niet moe? Willen jullie iets delen? Petrus, ik zie dat je je vuisten hebt gebald. Denk je dat het lukt om die weer te ontspannen? We zijn nu veilig. Gewoon ontspannen en loslaten. Dan komt de rest vanzelf.'

Ze steken het fietspad over naar het stoplicht.

‘Ik ben zo dankbaar dat we weer samen zijn,’ zegt Melodie. ‘Zo dankbaar. Jullie niet? Gewoon om hier te lopen, gewoon om in de zon te lopen samen.’

Ze lopen in de zon, dat is absoluut waar. Maar wat ze verder ervaren loopt niet synchroon met wat ze zeggen. Ze zeggen dat ze blij zijn om elkaar te zien, ze zeggen dat ze elkaar hebben gemist, maar daaronder broeien wij. Muriël begint zich af te vragen of ze nog wel weg wil gaan, zeker na wat Melodie net zei over het eten. Dat was ze een beetje vergeten, dat ze allemaal hun eigen grenzen mochten hebben. Waarschijnlijk heeft ze haar eigen oordelen over zichzelf te veel op de anderen geprojecteerd; dacht ze dat die haar zouden veroordelen als ze zou toegeven aan haar hongergevoel, terwijl dat helemaal niet zo was. En nu ze hier zo loopt met Melodie en Petrus kan ze zich ook niet meer goed voorstellen dat ze zomaar alles wat ze samen hebben weg zou gooien, alleen omdat ze honger heeft. Plotseling komt het haar heel onwerkelijk voor dat ze nu zou zeggen: ik ga weg. Na alles wat ze samen hebben doorgemaakt. En wat ze nog zullen gaan doormaken, want ondertussen is Elisabeth ook nog steeds dood, op de een of andere manier vergeet ze dat steeds, niet het feit op zich maar wel de praktische kant ervan, dat ze een uitvaart zullen moeten regelen, met bloemen en een kist, of een mand, en rouwkaarten en een auto; dat kunnen Petrus en Melodie niet alleen, en dat zou ze ook niet willen, dat moeten ze samen doen. Ze hebben haar samen verloren en nu moeten ze haar samen begraven, dat spreekt vanzelf. Dat is hun leven. Ons leven, denkt Muriël. Mijn leven. Ik kan toch niet zomaar weglopen uit mijn leven?

Maar met de afscheidsbrief in haar broekzak zal ze dan wel een heel goede reden moeten verzinnen waarom ze er een paar uur geleden nog anders over dacht.

'Jullie zien er moe uit,' zegt Melodie. 'Gesloten. Jullie zijn allebei behoorlijk dichtgegaan. Wat ook niet gek is, met hoe ze ons hebben geprobeerd te manipuleren. Met dat verhaal dat Elisabeth ondervoed was geraakt door ons, en dat wij haar hadden moeten helpen. Alsof wij haar ooit verboden hebben om te eten. Krankzinnig toch? Krankzinnig. Als wij haar niet in de groep hadden opgenomen was ze al veel eerder overleden, met haar zwakke gestel. Ik ben zo blij dat we niet meegegaan zijn in die waanzin. Dat we zijn blijven uitleggen hoe het echt zat. Dat Elisabeth het altijd had kunnen zeggen als ze honger had. Dat daar Elisabeths probleem niet lag.'

Ja ja, denkt Petrus, die zijn gebalde vuisten diep in zijn broekzakken heeft weggestoken. Dat zou ik ook zeggen als ik jou was, dat daar Elisabeths probleem niet lag. Want als dat wel zo was dan zou het nu jouw schuld zijn dat ze dood is.

Ze slaan een grote winkelstraat in. Het is druk op straat; er is geen ruimte meer om naast elkaar te lopen. Een tijdje lang wandelen ze zwijgend achter elkaar aan, Melodie voorop, daarachter Petrus en daarachter Muriël. Dan gaan ze een zijstraat in, waar ze weer met zijn drieën naast elkaar kunnen lopen.

'Als ik eerlijk ben ging ik soms bijna aan mezelf twijfelen, weten jullie dat? Ik dacht soms bijna: misschien hebben we inderdaad iets verkeerds gedaan. Iets verkeerds gedacht, iets verkeerds gezegd. Maar dan ging ik weer terug naar mezelf en voelde ik in mijn eigen hart, en dan wist ik dat dat allemaal onzin was. Allemaal manieren om ons te kleineren en te beledigen. Als Elisabeth iets nodig had gehad, dan zouden wij dat echt wel hebben opgemerkt. Maar ze heeft altijd heel duidelijk gemaakt dat ze geen hulp wilde, behalve dan de hulp die wij al gaven. En elke keer als ik weer ging twijfelen, deed ik mijn ogen dicht en voelde ik mijn wijsheid, en altijd kwam er dan de zekerheid dat dit haar eigen keuze is geweest, dat ze klaar was voor de volgende stap. Haar loslaten was het beste wat we haar hebben kunnen geven. En dat overstijgt alle druk van koste wat het kost iedereen zo lang mogelijk laten leven, desnoods op een kunstmatige manier, met giftige medicijnen, zonder werkelijk contact. Dat overstijgt schuld en onschuld. Dat overstijgt eigenlijk alles. Maar ik moet zeggen dat het wel heel moeilijk is geweest om bij mijn eigen waarheid te blijven. Heel moeilijk.' Ze kijkt opzij naar Petrus en Muriël, die nu allebei rechts van haar lopen. 'Ik kan me voorstellen dat het voor jullie ook niet makkelijk is geweest. Om bij onze eigen waarheid te blijven.'

Muriël en Petrus hummen bevestigend. Langzamer en langzamer lopen ze, alsof ze hun thuiskomst willen uitstellen. Ze schuifelen over de stoep. De zon valt in grote hoekige vlakken op de straat; er is nauwelijks schaduw. Straks zullen ze aankomen bij de voordeur van hun huis, en nog altijd zijn de verhalen die ze aan zichzelf vertellen niet consistent met de werkelijkheid. Petrus probeert te werken met de weerstand die hij voelt tegen de spraakwaterval van Melodie, zichzelf voorhoudend dat het oplossen van die weerstand de enige manier voor hem is om verder te komen. Weerstand is een gevoel, zegt hij tegen zichzelf. Weerstand is een gevoel, weerstand is een gevoel. En de gedachte dat Melodie uit haar nek loopt te kletsen omdat ze probeert recht te praten dat we van haar de ambulance niet mochten bellen komt daarna pas. Dat ben ik niet die dat denkt, dat is mijn weerstand. Een grote berg hooi die mee zal geven als ik er maar op een rustige ontspannen manier tegenaan blijf leunen. Als ik mijn weerstand maar echt kan voelen, gaan die gedachten ook wel weg.

'Eerlijk gezegd heb ik wel wat brood gegeten in de cel,' zegt Muriël.

'Ik merkte al dat je energieveld wat zwakker was dan anders,' zegt Melodie. 'Maar ik begrijp het wel. Het was een ontwrichtende situatie. Dan kan ik me voorstellen dat je even niet in contact kon komen met de voedende energie. Dat zal over een week vast weer heel anders voelen.'

Muriël knikt, terwijl het deel van haar dat weg wil zich afvraagt of ze nog wel een week bij Melodie zal wonen, misschien kan ze over vijf dagen wel vertrekken, als ze snel de uitvaart weten te regelen, maar het deel dat wil blijven vraagt zich af wat ook alweer de redenen waren om weg te gaan. Want als Melodie gelijk heeft over die wijsheid, heeft ze dan niet haar eigen wijsheid verlaten toen ze dacht dat ze de dokter moest bellen voor Elisabeth? Was dat niet de stem van de buitenwereld die binnen in haar sprak, die zei dat ze moest doen wat de buitenwereld vond, namelijk de dokter bellen omdat er iemand ziek was, want wat is eigenlijk ziek, en doen dokters wel altijd het juiste, met al die giftige medicijnen die ze voorschrijven? En is Melodie niet steeds degene geweest die haar met haar eigen gevoel in contact heeft weten te brengen, met haar innerlijke vlinder? Met het gevoel dat ze waardevol was, en dat ze niet de hele tijd hoefde te doen wat anderen van haar verwachtten? Dat ze haar vleugels kon uitvouwen en weg kon vliegen? Is dat idee om de ambulance te bellen niet een stuiptrekking van haar oude zelf geweest, die gevoed werd door die mensen van de politie?

'Ik heb me wel zorgen over je gemaakt,' zegt Melodie. 'Jij

bent zo gevoelig voor autoriteit. Ik dacht dat ze je misschien wel bang zouden maken of je een schuldgevoel aan zouden praten. Ik bedoel, voor mij was het al lastig, en dan zou jij het helemaal alleen, zonder steun van ons, helemaal zelf moeten doen.'

'Ja,' zegt Muriël, en het deel dat weg wil lopen wordt al wankeler en zwakker, en het deel dat een nieuw verhaal aan het maken is over haar twijfel in de cel wordt steviger en sterker, en de gedachte dat ze over een vooraf bepaalde hoeveelheid tijd echt weg zal gaan begint al te vervliegen, zoals de pluisjes van de paardenbloemen tussen de straattegels van hun straat, haar straat, de straat waar ze nu lopen, waar haar huis staat, hun huis.

En terwijl Melodie haar hand in haar broekzak steekt om de huissleutels te pakken, trekt Petrus in gedachten strootjes uit zijn hooibaal en legt er letters mee op de stoep: een F, een U, een C, een K, een M, een E.

FUCK MELODIE.

24

Wij zijn de slowjuicer, het belangrijkste keukenapparaat van Woongroep Klank en Liefde en de steun en toeverlaat van Muriël. We hebben haar gemist. Om zo'n lange tijd werkloos op haar te moeten staan wachten, is ons zwaar gevallen. En dan die vreemde mensen die door het huis liepen en schampere opmerkingen over ons maakten, heel onaangenaam. Maar het duurt nu vast niet lang meer, want we horen de windharp bij de voordeur klingelen.

'Zo.' De stem van Melodie. 'Daar zijn we weer. Wat heerlijk.'

'Ik ruik parfum,' zegt Petrus. 'Of schoonmaakmiddel. Iets met citrus.'

'Dat dit zomaar mag, hè. Zo'n inbreuk op onze privacy. De energie die hier hangt. Helemaal verstoord. En ze hebben niet eens de moeite genomen om de kastjes dicht te doen.'

'Klootzakken,' zegt Petrus, en even beginnen we ons af te vragen of Muriël wel meegekomen is, maar dan horen we hem zeggen: 'Gaat het, Muriël?'

Ze is er, ze is thuis. Met een beetje geluk loopt ze meteen door naar de keuken om ons een geluidloze kus op onze zijkant te komen geven, of haar wang tegen ons aan te leggen. Dat doet ze wel vaker als ze ons na een halve dag of langer terugziet.

'Laat haar anders maar even,' zegt Melodie.

Een paar minuten lang horen we alleen wat geschuifel, gesnuif en gezucht.

'Wil je iets met ons delen, Muriël?' vraagt Melodie.

En dan, eindelijk, horen we haar stem. 'Ik vind het zo erg, ik vind het zo erg,' zegt ze snikkend. 'Elisabeths luchtbed. Elisabeths deken.'

'Ja,' zegt Melodie, 'daar had ik ook niet aan gedacht. Dat ze die zo zouden laten liggen.'

'Wil je,' zegt Petrus, 'wacht. Ik pak een zakdoekje voor je.'

Hij loopt de keuken in, op zoek naar een stuk keukenrol. Hij kijkt bezorgd. Zo kennen we hem niet.

'Het geeft niet hoor, Muriël. Het is goed zo. Huil maar,' zegt Melodie.

Muriël geeft antwoord, maar we kunnen haar niet verstaan.

'Wat zeg je, Muriël?' vraagt Melodie.

'Of je me even kon loslaten.' Zelfs van deze afstand horen we haar hijgen. 'Dank je.'

'Hier,' zegt Petrus.

'Dank je wel. Lief van je.' Luidruchtig snuit Muriël haar neus.

'Zal ik dat luchtbed dan toch maar wegzetten?' zegt Petrus. 'Of heb je liever dat ik het laat liggen?'

'Ruim het maar op, ja. Elisabeth blijft toch wel bij ons, of we haar bed nu weghalen of niet.'

'Ik had het tegen Muriël. Muriël? Zal ik haar bed nog even laten liggen of liever niet?'

'Eh. Ja. Nee, haal het maar weg.'

'Ja,' zegt Melodie, 'dat lijkt mij ook het beste.'

Een paar minuten blijft het stil. Het is ook best verdrietig natuurlijk, van Elisabeth. Logisch dat Muriël daar even tijd voor nodig heeft. Maar wij kunnen ons niet voorstellen dat ze niet ook verschrikkelijk naar ons verlangt, dat haar gedachten tijdens het huilen niet ook uitgaan naar de vraag wat ze straks zal gaan maken. In de koelkast ligt alleen nog bleekselderij, heel geschikt voor een lekker pittig sapje. En op de fruitschaal een appel, wel een beetje gerimpeld, maar groot genoeg om er een subtiel zoetje aan toe te voegen. Al zouden twee appels nog beter zijn. Dan zullen ze dus eerst even boodschappen moeten doen. Maar als ze dan toch de deur uit gaan zouden ze ook wortels kunnen kopen, en sinaasappels, voor een levendig oranje sap. Dat geeft vast troost, al is het met sinaasappels wel altijd spannend hoe Petrus zal reageren. Maar los daarvan is alles mogelijk. Wij zijn niet voor niets de Rolls-Royce onder de slowjuicers, met de krachtigste motor, en twee wormwielen in plaats van een, zodat ons rendement tot wel dertig procent hoger is dan dat van inferieure merken en modellen, en een ingenieuze uitvoerbuis om het sap van het pulp te scheiden, zodat alle verse groenten, noten en fruit binnen luttele seconden in heerlijk puur sap veranderen terwijl de droge pulp wordt afgevoerd, met behoud van alle vitaminen en mineralen en zonder het gebruikelijke lawaai van andere machinale sappersen en -centrifuges.

'Dit is helemaal niet erg, Muriël,' horen we Melodie zeggen. 'Ik vind dit juist heel goed. Goed dat je de emoties er laat zijn. Het is ook niet niks om haar zomaar los te moeten laten.'

'Ja,' zegt Muriël. 'Ja, sorry. Het komt denk ik ook doordat ik een beetje honger heb. Misschien kan ik wat groentesap voor ons maken? We hebben dacht ik nog bleekselderij. En een appel. Of we zouden naar de winkel kunnen gaan om wat wortelen en sinaasappels te kopen?'

Muriël, een vrouw naar ons hart.

'Het geeft niet, Muriël. De emoties zitten allemaal wat hoger als je jezelf niet afleidt met eten. Dat is alleen maar goed. Ik heb zelf helemaal niet meer gegeten sinds we zijn meegenomen, dus kan je nagaan hoe het voor mij is.'

'Ja, jij zal ook wel honger hebben. Ik zal even kijken in de keuken of –'

'Dat is heel lief van je, maar dat was niet wat ik bedoelde. Ik bedoelde juist dat ik heel dicht bij mijn gevoel sta, voor mijn gevoel. Maar ik hoef dat niet zo nodig met voedsel te verdoven. We kunnen er beter even echt contact mee maken. Even rustig zitten met elkaar. Kijken of we de energie een beetje kunnen herstellen. Wil jij anders thee maken? Dan maak ik plek voor onze kussentjes. En wat wierook lijkt me ook heel goed. Om de lucht te zuiveren.'

En dan is het moment eindelijk aangebroken. Muriël komt de keuken binnenlopen. Haar gezicht is rood en vlekkerig, de tranen staan in haar ogen, maar toch verschijnt er een beginnetje van een glimlach rond haar mond als ze ons ziet. Ze kust ons niet en ze legt haar wang ook niet tegen ons aan, maar wel laat ze in het voorbijgaan haar vingertoppen over onze bovenkant glijden, ten teken dat ze blij is ons te zien. Dan pakt ze de waterkoker om thee te zetten.

Wij hebben Muriël dit ritueel zo vaak zien uitvoeren dat we haar zouden kunnen uittekenen. Hoe ze de waterkoker vult met water. De weckpotten met kruidenthee van de houten plankjes pakt. Een mix van kruiden samenstelt. Kamille, lavendel, anijs. Muriël kent haar smakencombinaties. Ze laat de kruiden in de grote thermosfles vallen en wacht, wrijvend over haar buik. Zodra het water begint te borrelen brengt ze haar hand naar het handvat van de waterkoker, zodat ze hem exact op het moment dat hij uitklikt uit de houder kan pakken en het water in de fles kan gieten. Ze zet de waterkoker terug, wacht even, draait dan de dop op de fles, en wacht nog even. Dan schenkt ze de gele vloeistof in drie glaasjes, die ze op een houten dienblad zet, en verdwijnt met het dienblad in haar handen naar de woonkamer.

'Dank je, Muriël, wat fijn,' horen we Melodie zeggen. 'Wat fijn dat we weer thuis zijn. Ik voel de energie al een beetje tot rust komen. Jullie niet?' Het blijft even stil. 'Hm, lavendel. Fijn. Dat is ook heel zuiverend.'

'Ja,' zegt Muriël.

'Nou, we hebben elkaar natuurlijk heel veel te vertellen. Maar laten we daar nog even mee wachten. Dat geeft weer zoveel onrust. Toch?'

'Prima,' zegt Petrus.

'Ik heb trouwens heel sterk het gevoel dat ze hier nog is,' zegt Melodie. 'Ze hebben haar lichaam dan misschien wel meegenomen, maar zij is hier gebleven. Ik voel haar heel duidelijk. En ik voel dat het goed is. Dat ze blij is dat we er weer zijn.'

De andere twee zeggen niets.

'Ja, goed om even niets te zeggen. Even helemaal zijn met wat er is. Dat is heel goed.'

Tijd verstrijkt, hoeveel tijd vinden wij moeilijk in te schatten. Tien minuten, twintig, een halfuur. Genoeg tijd om zelfs op ons indrukwekkend lage toerental van tweeëntachtig toeren per minuut een gezonde hongerstillende hoeveelheid vers sap te produceren.

'Neem je zelf geen thee? Het wordt nog koud.'

'Ja. Sorry. De winkels gaan wel zo dicht, denk ik. Dus als we nog wat willen kopen, moeten we wel zo weg.'

'Je zei toch dat we nog selderij hadden? En een appel?' zegt Melodie. 'Daar kunnen we wel iets van maken, toch? Voor wie wil, straks. Het lijkt mij goed om het een beetje rustig aan te doen. Ruimte open te laten. Niet meteen in de doe-modus te schieten. Petrus. Neem jij ook wat thee? Dat is voor jou ook goed.'

'Neem jij ook wat thee? Dat is voor jou ook goed,' horen we hem Melodie herhalen. 'Alsof jij alles altijd zo goed weet. Mag ik dat misschien zelf bepalen? Of thee goed voor mij is? Elisabeth moest ook altijd alles doen wat jij zei. En kijk hoe het met haar is afgelopen.'

Muriël begint te hoesten.

'Ik ben doorzichtig,' zegt Melodie. 'Ik ben doorzichtig, Petrus. Doorzichtig voor jouw boosheid. Het raakt me niet.'

'Ik ben niet boos,' zegt Petrus. 'Maar ik wil graag zelf bepalen of ik mijn thee opdrink of niet.'

'Petrus. Ik snap dat je weerstand ervaart, na alles wat we hebben meegemaakt. Maar jij hebt zelf ooit de keuze gemaakt om hier te komen wonen. Dat cadeau heb je jezelf gegeven, omdat je verbinding wilde. Dus als je er nu voor kiest om de verbinding te verbreken, dan mag dat, maar dan kies je wel tegen jezelf, tegen een diep verlangen van jezelf om uit je weerstand te breken. Ik begrijp dat je van slag bent door alle tegenslagen en de verschrikkelijke dingen die die politiemensen tegen ons hebben gezegd, maar misschien is het dan in ieder geval goed om die gevoelens te zien voor wat ze zijn. Zodat je niet vanuit je weerstand reageert maar vanuit je wijsheid. Denk je niet?' Ze zwijgt even. 'Kijk nou, nu is Muriël ook weer helemaal van slag. Wil je een zakdoekje?'

'Nee,' snift Muriël, 'ik heb die van Petrus nog. En het gaat wel.'

'Anders ga je even wandelen, Petrus,' zegt Melodie. 'Even naar buiten. Tot jezelf komen. Dan zien we je straks wel weer terug. Dan zien we straks jou weer, in plaats van je boosheid.'

'O ja,' zegt Muriël. 'En misschien kan je dan meteen wat boodschappen meenemen. Ik dacht in ieder geval wortels en sinaasappels. En de kamille is ook bijna op. O.'

De deur van de woonkamer naar het halletje wordt met een harde klap dichtgeslagen.

'Petrus?'

'Laat hem maar even. We zijn allemaal moe. Ik hoop dat hij een beetje kalmeert.' Melodie zucht luidruchtig. 'Ik was er al een beetje bang voor dat die rechercheurs hem op rare ideeën zouden brengen. Ik vond ze erg manipulatief. Heel sturend. Dan moet je wel sterk in je schoenen staan, om in onze eigen waarheid te blijven geloven. Jij bent toch wat verder wat dat betreft.'

'Ja,' zegt Muriël, en er valt een stilte die lang genoeg duurt om iets nieuws in te brengen. Bijvoorbeeld een voorstel om groentesap te maken.

'Ik ben ontzettend blij met jou, Muriël,' zegt Melodie. 'En ik voel dat Elisabeth dat ook is. Dat zij ook blij is dat wij samen achterblijven. Dat ik dit allemaal niet alleen hoef te doen. Het afscheid van Elisabeth. Die aanvallen van Petrus. Dan is het zo fijn dat je op elkaar kan steunen. Vind je niet?'

'Hm, hm,' zegt Muriël zwakjes.

'Neem nog een beetje thee.'

Muriël wil geen thee. Ze wil wortels. Ze wil sinaasappels. Ze wil ons. En wij willen haar. Maar van Melodie moet ze eerst theedrinken, en dan komt Petrus thuis en moeten ze samen mediteren, en na het mediteren moeten ze zingen, dat ze licht en liefde zijn en klanken overal, tot ver na etenstijd. Het begint al te schemeren buiten als het zingen eindelijk klaar is en Muriël zich ten slotte weet los te maken van de anderen, met de mededeling dat het haar fijn lijkt om nog wat groentesap te maken, ook voor morgenochtend. Terwijl ze de koelkast opent en de bos selderijstengels eruit haalt, komt Melodie de keuken in.

'Zouden we die nog wel gebruiken? Ze hebben wel lang in de koelkast gelegen. Ik weet niet of dat nog wel veel energie bevat. Ik ben bang dat het meeste is weggelekt.'

In het schemerdonker zien we het gezicht van Muriël vertrekken, en haar hand sluit zich strak om de bleekselderij. Dit sapje ga jij ons niet ontnemen, Melodie, denken we, en we weten dat Muriël hetzelfde denkt.

'Anders neem je deze appel,' zegt Melodie. 'Die lijkt me nog wel goed.'

Muriël laat haar schouders zakken.

'Het is moeilijk voor je, hè,' zegt Melodie. 'Ik zie dat je het niet makkelijk hebt. Jouw systeem heeft ook een klap gekregen. Ook door al die dingen die je daar hebt gegeten. Een beetje sap is misschien wel goed, als je denkt dat het je helpt. Om het af te bouwen.'

'Ja,' zegt Muriël met een klein stemmetje, 'ik denk wel dat dat helpt.'

Het is een begin. Het is een begin, Muriël. Geen wortels en sinaasappels, maar beter dan niets.

Terwijl Melodie teruggaat naar de woonkamer begint Muriël de appel te schillen en in stukken te snijden. Ze steekt onze stekker in het stopcontact en dan mogen we eindelijk, eindelijk ons gepatenteerde dubbele wormwielsysteem weer laten draaien. Over haar wangen glijden tranen, terwijl ze met een klein lepeltje de droge appelpulp in haar mond stopt. Ze schenkt het sap in drie kleine glaasjes, zet ze op een houten snijplank, veegt haar wangen droog en loopt met de plank in haar handen de keuken uit.

25

Wij zijn licht. In een golvende oranje baan vallen we op de fleecedekens van de drie bewoners van Woongroep Klank en Liefde, die op hun luchtbedden in de woonkamer liggen. Melodie, slapend met een frons tussen haar wenkbrauwen en haar voortanden op haar naar binnen getrokken onderlip. Petrus, helemaal ontspannen, de mond halfopen met een beetje spuug twinkelend in zijn rechter mondhoek, in volle overgave aan de slaap. En Muriël, klaarwakker, zoals zo vaak om deze tijd. Het grootste deel van haar gezicht ligt in de schaduw, maar haar opengesperde ogen glimmen. Die ogen kennen we al zo lang. We herinneren ons hoe blauw ze waren toen ze net geboren was. Hoe onwennig ze op ons reageerden. Onwennig maar nieuwsgierig. Hongerig naar indrukken. Maar nu lijkt het alsof haar ogen ons niet meer willen, alsof ze liever niets meer zouden zien.

Wij zijn niet het type verschijnsel dat snel aan zichzelf twijfelt, maar nu Muriël begint te huilen, vragen we ons wel af of dat door ons komt, of ze teleurgesteld is in ons, omdat ze werkelijk dacht dat ze van ons alleen zou kunnen leven. Of ze boos op ons is, nu ze heeft begrepen dat dat niet zo is. Dat zou ons wel spijten. Wij zouden hopen dat het genoeg voor haar was wat wij al voor haar deden: haar lichaam warmte geven, het leven op aarde mogelijk maken. Wij zouden hopen dat ze niet van ons verwachtte dat wij eten overbodig zouden maken. Dat ze ons nam zoals we waren, zoals wij dat ook doen met haar. Maar er is vast een andere reden waarom ze huilt. Het is vast omdat ze iemand mist. Elisabeth, of haar vriendinnen van de HEAO. Of ze mist haar vader. Dat zou ons niet verbazen. We weten hoe ze naar haar vader keek, als kind, als jongvolwassene. En we weten hoe hij terugkeek. Wij zouden die blikken over en weer ook missen.

Wat het ook is waardoor ze huilt, het brengt haar in beweging, want ze duwt haar fleecedeken van zich af en gaat rechtop zitten. Ze veegt de tranen uit haar ogen. En met een blik op haar slapende huisgenoten staat ze voorzichtig op en loopt op haar tenen naar een hoopje kleren op de pianokruk. Ze pakt de kleren op en neemt ze mee naar de keuken. Hier komen we helemaal vanaf de maan naar binnen vallen, recht door het langwerpige raam in de achterdeur, een zilverwit trapezium vormend op de vloer en de hele ruimte vullend met een witte gloed. Muriël laat haar pyjamabroek zakken, haalt een lange broek tussen haar kleren vandaan en trekt hem aan. Haar slaaphemd gaat uit, een ander hemd gaat aan. Daarover een T-shirt en daarover een vest. Hoewel het een warme nacht is, trekt ze de rits tot bovenaan dicht. Ze vouwt haar pyjamabroek op, en haar slaaphemd. De opgevouwen kledingstukken legt ze in de la met theedoeken. Dan voelt ze in haar rechter broekzak en haalt er een opgevouwen stuk papier uit tevoorschijn. Ze vouwt het open en leest wat er staat. Haar mond beweegt mee met de woorden. Als ze is uitgelezen vouwt ze het papier weer dubbel en schuift ze het half onder de slowjuicer. Uit haar achterzak pakt ze een witte pen met het logo van de politie op de zijkant. Op het gedeelte van het papier dat onder de slowjuicer uitsteekt schrijft ze: *Voor Petrus en Melodie*. Ze legt de pen naast de slowjuicer, buigt zich voorover en drukt haar lippen op de zijkant van het apparaat. Dan recht ze haar rug, kijkt nog een keer de keuken rond en sluipt terug naar de woonkamer, waar de anderen nog steeds liggen te slapen. Met een schuin oog op haar huisgenoten loopt ze naar de tafel, waarop een ladeblokje met vier laatjes staat. Op het onderste laatje staat haar naam. Ze trekt het laatje een stukje open en kijkt opzij. Ze trekt het een stukje verder open. En nog een stukje verder. Melodie, die met haar gezicht naar Muriël toe lag, slaakt een diepe zucht en draait zich op haar andere zij. Muriël verstijft. Een paar seconden lang blijft ze als bevroren zitten. Dan laat ze haar schouders zakken. Ze trekt het laatje helemaal open en pakt er een paar papieren uit, die ze opvouwt en in haar achterzak stopt. Dan duwt ze het laatje in één beweging dicht en draait zich om naar haar huisgenoten. Met haar handen in haar zakken kijkt ze hoe ze daar liggen, naast elkaar op hun luchtbedden, met haar eigen luchtbed ernaast, de deken teruggeduwd alsof ze er elk moment weer onder kan kruipen, en anders dan daarnet kijkt ze nu wel alsof ze de dingen wil zien. Haar slapende huisgenoten onder hun fleecedeken, de bank, in onze schaarse aanwezigheid niet rood maar donkergrijs, de stapel van vier meditatiekussentjes naast de bank, de luiten aan de muur, de viola da gamba's, de vlinders, het prikbord met de lijst van wie wanneer op welke laptop mag. Ieder object krijgt voor een paar lange seconden haar onverdeelde aandacht. Dan draait ze zich om en loopt naar het halletje. Zachtjes opent ze de deur en sluit hem achter zich. Ze blijft even staan, voelt in de zakken van haar vest. Knijpt haar ogen dicht, alsof ze iets vergeten is. Ze kijkt van de deur naar de trap, en weer naar de deur. Ze kiest voor de trap. Voorzichtig loopt ze naar boven, de vijfde en de elfde trede overslaand. Boven loopt ze naar een kamer met een eenpersoons bed, vol met stapels bladmuziek, en een grote garderobekast. Ze opent de kast en pakt een weekendtas van de onderste plank. Ze ruikt aan de tas en glimlacht. Dan begint ze hem te vullen met kledingstukken. In de badkamer pakt ze een tandenborstel uit het glas op de wastafel. Zonder geluid te maken leest ze het briefje dat aan de zijkant van de spiegel hangt. Ze kijkt zichzelf aan. Haar ogen lijken nog dieper in hun kassen te liggen dan anders, maar Muriël lijkt zich daar niet aan te storen. Ze glimlacht naar zichzelf, ze knikt en ze loopt terug naar de andere kamer om haar tandenborstel in de tas te stoppen. Met de tas over haar schouder loopt ze de trap af; de elfde en de vijfde trede slaat ze over.

Beneden in het halletje zet ze de weekendtas op de grond. Ze kijkt naar de deur. Het gordijntje voor het raam van de deur. De windharp boven de deur; de houten schijf met daaronder de dunne metalen klankstaven van verschillende lengtes. De windharp die niet buiten in de wind hangt maar binnen bij de voordeur, zodat er altijd als ze de deur in of uit komen muziek klinkt. Opgehangen door Muriël zelf, op een zonnige dag in oktober. Dezelfde dag dat ze de bordjes met hun namen naast de voordeur hadden gehangen.

'Mooi toch,' had ze gezegd. 'Mooi toch, Melodie? Iedereen die komt of gaat wordt gegroet met Klank. En Liefde natuurlijk ook.'

'Ja, heel mooi, Muriël. Fijn dat je jezelf zo inbrengt. Ik vind het een heel leuk initiatief. Jullie niet? Petrus? Elisabeth?'

In de maanden daarna zagen we Muriël altijd lachen als ze de windharp hoorde klingelen. Ze keek ernaar alsof de windharp een vriend van haar was. Maar nu kijkt ze alsof hij een bron van twijfel voor haar is. Ze draait zich om naar de deur van de woonkamer, en weer naar de windharp. Dan loopt ze terug naar boven, trede vijf en elf weer overslaand, en door het gangetje naar de badkamer, waar ze een verbanddoos uit de kast pakt en er een schaar uit haalt, die ze met de punt naar boven in haar broekzak steekt. Van onder de wasbak pakt ze een plastic krukje, en ze gaat terug naar beneden. Ze zet het krukje voor de deur onder de windharp, pakt een sjaal van de kapstok en gaat op het krukje staan. Het is net te laag voor haar om er goed bij te kunnen, maar op haar tenen lukt het haar net om met de sjaal de klankstaven in één beweging bij elkaar te drukken, zodat het geluid dat ontstaat onmiddellijk wordt gedempt. Met haar linkerhand de klankstaven stilhoudend in de sjaal, pakt ze met haar rechterhand de schaar uit haar broekzak. Ze rekt zich zo ver mogelijk uit, probeert de draadjes door te knippen waarmee de houten schijf aan de centrale ophangdraad is bevestigd. Een paar keer knipt ze mis, maar uiteindelijk lukt het haar. De windharp is los. Ze legt hem gewikkeld in de sjaal op het schoenenkastje onder de kapstok. De schaar legt ze erbovenop; het krukje zet ze voor de trap. Ze pakt haar jas van de kapstok en stopt hem in haar weekendtas. Dan trekt ze haar schoenen aan. Met trillende vingers strikt ze de veters. Ze staat op, hangt de tas over haar schouder en brengt zonder te aarzelen haar hand naar de klink van de voordeur.

De deur gaat niet open. Muriël laat de klink een paar keer op en neer gaan, terwijl ze de deur probeert open te duwen, maar hij blijft dicht. Ze kijkt over haar schouder naar de kamerdeur. Achter die deur zijn de sleutels, hangend aan een haakje aan de zijkant van de boekenkast. Opnieuw begint ze te huilen, niet zo zachtjes en subtiel als net, met alleen een paar tranen die mooie glimmende sporen achterlieten op haar droevige maar serene gezicht, maar helemaal voluit, met schokkende schouders en een van pijn vertrokken gezicht. Ze zakt door haar knieën en gaat op de grond liggen, midden tussen de twee driehoekige oranje vlekken die wij op de vloerbedekking maken. Ze sluit haar ogen en blijft liggen tot het huilen is gestopt. Dan staat ze op. Ze staat, met haar gezicht naar de muur. Links van haar de voordeur, rechts van haar de deur van de woonkamer, schuin achter haar de trap. Haar benen tot ongeveer halverwege in het oranje, de rest in het donker, maar niet in zoveel duisternis dat ze niet meer zichtbaar is.

Tot hier is ze gekomen. Tot het halletje. Tot de voordeur die op slot zit. En ons maakt het niet uit wat er nu verder zal gebeuren. Of ze terug de woonkamer in zal gaan om de sleutels van het haakje te pakken, en dan terug naar het halletje om door de voordeur te vertrekken, of dat ze vanuit de keuken via de tuindeur het huis zal verlaten en over de schutting zal klimmen, of dat Petrus of Melodie wakker zal worden als ze de woonkamer in komt, en of die haar dan zullen overtuigen om te blijven, of dat ze zelfs niet zal durven te vertellen dat ze van plan was om weg te gaan, zodat ze een smoesje zal moeten verzinnen over een sms'je dat is binnengekomen op de huistelefoon, over haar vader die op sterven ligt, of dat ze hier blijft staan, in tweestrijd, tot het ochtend wordt, of dat ze zal besluiten om te blijven, de windharp zo goed en zo kwaad als het lukt weer terug te hangen, haar schoenen uit te doen, de spullen terug naar boven te brengen, en met haar kleren aan weer onder haar fleecedeken te kruipen in de hoop dat ze tegen de tijd dat het ochtend is een goede verklaring heeft verzonnen over waarom ze haar gewone kleren draagt, in plaats van haar pyjama. Ons zult u geen voorkeur horen uitspreken. Wij willen u alleen maar laten kijken naar dit tafereel: vanaf de kamerdeur gezien het profiel van een vrouw, donker afstekend tegen het zandlopervormige gordijntje voor het raampje van de voordeur; vanaf de voordeurkant gezien een oranje verlicht vrouwengezicht met sporen van tranen op de wangen, dat nu weer helemaal naar het oranje licht is gedraaid, en dan weer naar de kamerdeur. Een vrouw, gevangen in de tussenruimte, het vagevuur, niet binnen en niet buiten, en elke keer als er een auto door de straat rijdt en er een bundel lichtgeel koplamplicht het halletje binnenkomt, trekt ze haar wenkbrauwen en schouders omhoog, en als de bundel voorbijgegleden is laat ze ze weer zakken en keert terug naar haar tweestrijd.

Wij zullen er niets van vinden wat ze kiest. De keuze is aan haar, het kijken is aan u. Alles wat wij kunnen doen is bij haar blijven, haar gezicht verlichten, haar handen strelen; zorgen dat het wordt gezien.

Verantwoording en dankwoord

Voor dit boek heb ik me laten inspireren door het nieuws over het overlijden van een vrouw in een Utrechtse woongroep in de zomer van 2017. Daarbij heb ik gebruikgemaakt van krantenartikelen en op internet beschikbare informatie, waaronder de website van de woongroep. Ik heb de betrokkenen nooit gezien of gesproken en het is niet mijn bedoeling uitspraken te doen over gebeurtenissen of personen in de werkelijkheid. Het verhaal dat ik heb geschreven is het product van mijn verbeelding en moet als fictie worden gelezen.

Het citaat in het hoofdstuk 'Wij zijn de ouders' is afkomstig van de kaft van de Nederlandstalige uitgave van het boek *Dode lente* van Rachel Carson, oorspronkelijke titel *Silent Spring*. Ik heb het gevonden op de Nederlandse Wikipedia-pagina over Rachel Carson.

Verschillende mensen hebben mij geholpen bij het schrijven van dit boek. Janneke Burggraaff en Michel Heen wil ik bedanken voor het beantwoorden van mijn vragen over de praktische kanten van hun werk als huisarts en rechercheur. Jan-Tjeerd de Jong van de Districtsrecherche Rotterdam dank ik voor zijn gastvrije ontvangst op het politiebureau en voor zijn inhoudelijke opmerkingen bij een eerdere versie van het verhaal. Uitgeverij Podium en mijn redacteur, Willemijn Lindhout, ben ik bijzonder dankbaar voor hun niet aflatende enthousiasme over mijn werk en de zorgvuldige begeleiding bij de voltooiing van het manuscript. En tot slot dank ik alle mensen met wie ik ooit samenwoonde voor wat ze me leerden over liefde, strijd en (on-)verschilligheid.